螳螂

AX アックス

伊坂幸太郎
Kotaro Isaka

張筱森——譯

目錄

總導讀

奇想・天才・傳說

張筱森

雖然是篇談論伊坂幸太郎的文章，不過請先讓我稍微離題談一下二〇〇六年的第一百三十四屆直木獎。這屆的大事當然是東野圭吾在五度鎩羽而歸之後，終於以《嫌疑犯X的獻身》獲獎；可說是了卻他一樁心願，也替其出道二十年錦上添花一番。東野連續五度提名五度落選的事蹟，讓日本大眾文壇和讀者之間開始悄悄地流傳著一個聽來有點辛酸的名詞「東野圭吾路線」，意指不斷被提名、不斷落選，然後過了該得直木獎年紀的作家。而東野總算在第六次的提名擺脫了這個看似不太名譽，不過差一步就會變成傳說的不幸陰影。但是在東野終於獲獎的這樣可喜可賀的事實背後，其實也存在著一名極為有力的「東野圭吾路線」候選人，那就是本文主角——伊坂幸太郎。

伊坂幸太郎，一九七一年出生於千葉，畢業於位在仙台的東北大學法學部。小學時和一般小孩一樣閱讀各式各樣的兒童讀物，年紀稍長之後開始看當時流行的國產娛樂小說，如：都筑道夫、夢枕獏、平井正和等人的作品，高中時因為看了島田莊司的《北方夕鶴2／3殺人》後，成了島田書迷。而在高中時，因為一本名為《何謂繪畫》的美術評論集，啟發伊坂認為能使用想像力生存是件非常幸福的事情，而小說恰好可以一人獨立從頭開始，自己應該也辦得到；因此他決定在進入大學之後開始創作，再加上喜愛島田的作品，便選擇了寫推理小說。進入大學之後則開始閱讀純文學，尤其喜愛諾貝爾文學獎得主大江健三郎的作品。

也因為他將對運用想像力的憧憬著力於小說創作上，於是各項具有想像力的元素都漂浮在其作品中，如法國藝術電影、音樂、繪畫、建築設計等等，使得讀者在閱讀推理小說的同時，也彷彿看了一場交織著奇異幻境寓言、生命哲思與青春況味的文藝表演。

巧妙地融合脫離現實生活的特殊經歷以及不可思議的冒險活動，一向是伊坂作品的創作主軸，這種奇妙組合，正是伊坂風靡了無數熱愛文學藝術的青年讀者的重要原因。

這樣的他，在一九九六年曾經以《礙眼的壞蛋們》獲得山多利推理小說大獎佳作，不過一直要到二〇〇〇年以《奧杜邦的祈禱》獲得第五屆新潮推理小說俱樂部獎後，才正式踏上文壇。奇特的故事風格、明朗輕快的筆觸，讓他迅速獲得評論家和讀者的熱烈歡迎，不光是在年度推理小說排行榜上大有斬獲。二〇〇三年以《家鴨與野鴨的投幣式置物櫃》拿下吉川英治文學新人獎，二〇〇四年則以《死神的精確度》獲得日本推理作家協會短篇部門獎，更在二〇〇三到二〇〇六年間以《重力小丑》、《孩子們》、《死神的精確度》、《沙漠》四度獲得直木獎提名，可以看出日本文壇對他的期待和重視。

伊坂到二〇〇六年為止總共發表了八部長篇、四部短篇連作集和一篇短篇愛情小說。因為喜歡島田，而決定創作推理小說的伊坂，打從一出道就以推理小說新人獎得獎作《奧杜邦的祈禱》獲得各方注意；然而《奧杜邦的祈禱》卻長得一點都不像讀者所熟悉的推理小說模樣。伊坂曾經說過，「寫作的時候，我並不喜歡描寫真實的現實生活，而是想寫十分荒唐無稽的故事。」《奧》正是這樣特殊，有著前所未有的奇特設定的一部作品。一個因為一時無聊跑去搶便利商店的年輕人伊藤，意外來到一座和日本本土隔絕一百五十年的孤島，孤島上有個會說話、會預言未來的稻草人優午。優午告訴伊藤，自己已經等了他一百五十年，而伊藤這個外來者將會帶來島上的人所欠缺的東西。留下這般謎樣話語之後，優午就死了，而且還是身首異處、死得相當悽慘。這短短幾句描寫，就能夠看出伊坂作品最顯而易見的特殊之處「嶄新的發想」，我想很難有讀者在看了這樣奇異至極的開頭，而不繼續往下翻去，畢竟「會講話的稻草人謀殺案」實在太過特殊。而這種異想天開、奇特的發想，就成了伊坂作品中一個非常重要而且難以模仿的特色，在他往後的作品當中都可以看到這樣的特色，以死神為主角的《死神的精確度》便是個好例子。

然而空有奇特的發想，沒有優秀的寫作能力也無法讓伊坂獲得現在的地位。第二作

《Lush Life》便是讓讀者更認識伊坂深厚筆力的作品，畫家、小偷、失業者、學生、神、心理諮商師等等眾多人物各自在五個故事線中登場、彼此的人生互相交錯。如何將這五條線各自寫得精采絕倫，而在彼此交錯時又不落入混亂龐雜的境地，最後將所有故事線收束於一個點上。伊坂在敘事文脈構成上展現了高超的操控能力，就像不斷在本作出現的艾雪的畫一般地令人目眩神迷。複雜的敘事方式中包含著精巧縝密的伏線，並且前後呼應，而此極為高明的寫作方式，在第四作《重力小丑》、第五作《家鴨與野鴨的投幣式置物櫃》中也明顯可見。

筆者和大部分的台灣讀者一樣對伊坂最早的認識來自於《重力小丑》一作，對於本作中那幾乎只能以毫無章法來形容、或者可說是某種文字遊戲的章節名稱印象深刻。但在閱讀了伊坂的其他作品之後，便能夠理解日本文藝評論家吉野仁所指出的伊坂作品的一種極為另類的魅力來源——「將毫無關聯的事物組合在一起」，像是「鴨子」和「投幣式置物櫃」明明是毫無關聯的東西，卻成了小說。或是書名為《蚱蜢》內容卻是殺手的故事，這樣的奇妙組合讓伊坂的作品乍看書名就能吸引讀者的目光一探究竟。而更引人注意的是，這樣看似胡鬧的作法，也散見於每部作品的內容和登場人物的言行之中。在《家鴨與野鴨的投幣式置物櫃》中，主角的鄰居甫一登場就邀他一起去搶書店，而目標僅僅是一本《廣辭苑》!?在《重力小丑》中，春劈頭就叫哥哥泉水一起去揍人。然而在這些登場人物的異常行動，或是令人不由得笑出聲來的詞句背後，其實隱藏著各種人性的黑暗面。《奧杜邦的祈禱》中，仙台的惡劣警察城山毫無理由的殘虐行徑、《重力小丑》中的強暴事件、《魔王》中甚至讓這樣的黑暗面以法西斯主義的樣貌出現。伊坂總以十分明朗、輕快並且淡薄的筆觸，描寫人生很多時候總會碰上的毫無來由的暴力。如此高度的反差點出了一個伊坂作品世界中的重要價值觀，在面對突如其來的暴力時，該如何自處？該怎麼找出最不會令自己後悔的生存方式？

如果將毫無理由的暴力推到最極致，莫過於「死亡」了，只要是人難免一死，那麼人類該怎麼和終將來臨的死亡相處？從《奧杜邦的祈禱》中的稻草人謀殺案起，這個問題意識就一直在伊坂作品的底層流動，筆者想隨著此次伊坂作品集出版，讀者在全部讀過一遍之後，應該也都能得出屬於自己的答案。

而在熟讀伊坂作品之後，讀者便會發現伊坂習慣讓他筆下所有人物產生關聯，先出現的人物一定會在之後的作品登場。像是深受台灣讀者喜愛的《重力小丑》兩兄弟，也會在之後的某部作品出現，這樣的驚喜也十足地展現了伊坂旺盛的服務精神。

在文章開頭提到伊坂是極有力「東野圭吾路線」候選人，如實地反應出日本讀者和評論家對於伊坂遲遲不能獲獎的難以理解。但是筆者忍不住想，就這樣成為直木獎史上的傳說，似乎無損於伊坂的成就。畢竟就像日本推理天后宮部美幸說的：「伊坂幸太郎是天才，他將會改變日本文學的面貌。」做為一名讀者，能夠和一位不斷替我們帶來全新小說的天才作家相遇，就是一種十足的幸福。

作者介紹

張筱森，喜歡推理小說，偶爾也翻譯推理小說。

AX

兜

兜超級痛恨鑰匙插入玄關門鎖的那一刻。即使放慢動作，仍會響起喀嚓一聲。難道這輩子都不可能看到有人發明無聲鑰匙的那一天嗎？他小心翼翼地轉動手腕。聽著開鎖聲，他一陣胃痛。推開大門，熄燈的家裡靜悄悄。

他留心著避免發出聲響，脫下鞋子，在走廊上滑行。客廳一片黑暗，全家人——其實也就兩人，應該都已入睡。

他屏氣凝神，留意著自己的舉動，爬上二樓。抵達二樓後，進入右邊的房間。打開電燈，豎耳傾聽外頭的動靜，緩緩吐出一口氣，這一瞬間才終於放鬆。

「兜，你有家庭包袱，等一下回家後會偷偷吃泡麵吧？」

以前有個男性同行這麼說過。對方是個奇特的男人，熱愛兒童節目和湯瑪士小火車，大家都叫他「檸檬」。性格粗暴，舉止輕佻，但本領非常高明。當時他們各自從委託人那裡接下殺害同一目標的工作，一起完成任務後，檸檬得意洋洋地問放鬆下來的兜等人一個湯瑪士小火車的問題，「多多島建設的負責人是誰？」可能是無人理會他，只得將兜當成話題。

「兜，家人曉得你在做什麼工作嗎？」這麼問的是檸檬的同事，蜜柑。兩人外表相似，個性卻全然相反，或許正因如此他們才能一起工作。他們可能覺得有家室的同行很特別，毫不客氣地丟出問題。

「家人當然不知道我的工作。」兜立刻回答，「要是知道一家之主從事如此危險又恐怖的工作，恐怕會陷入絕望。我平常是文具廠商的業務員。」

「這是你在家人面前的偽裝嗎？」

「算是吧。」實際上，兜任職於文具廠商。他在兒子出生，約莫二十五、六歲時，轉職到現在的公司，之後一直是正職員工。如今年過四十，他已是老鳥業務員。

「不過，一家之主賭命完成工作，回家只能拿泡麵當宵夜，實在有點沒出息。」檸檬調侃道。

「少開玩笑！」兜生氣地反駁，「我才不會吃什麼泡麵。」

兜的口吻太強硬，檸檬反射性後退，擺好防禦架式。「不要生氣啦。」

「不是的。」兜軟聲接著說，「泡麵其實挺吵的。」

「什麼意思？」

「泡麵要撕開塑膠膜、打開蓋子、加熱水，在深夜吃實在太吵。」

「又沒人聽到。」

「我太太會聽到。」兜回答，「泡麵發出的聲響曾吵醒她。她啊，是認真的上班族，因為通勤時間很長，平常得早起。要是夜裡為那些噪音醒來，會演變成麻煩的事態。」

「麻煩？哪裡麻煩？」

「隔天早上，她的起床氣會非常嚴重，一聲聲的嘆息幾乎淹沒地板。這不是比喻，我真的會痛苦到無法呼吸。當她指責我『吵得要命，根本睡不著』時，我整個胃揪成一團的感覺，你們一定沒辦法理解吧。」

「兜，別開玩笑了，我沒辦法想像你會緊張。」

「當然，我才不會為工作緊張，畢竟只是做好該做的事。」

「你對太太不是這樣嗎？」

沒錯，兜點頭。

「可是不能吃泡麵，你要怎麼辦？就算吃餅乾之類的，也會發出聲響啊。」蜜柑那對飽含哀愁的雙眼皮瞳眸望向兜，「會肚子餓耶。」

「香蕉，或飯糰吧。」兜一臉正經地應道。

原來如此，兩名同行不禁佩服，「好聰明」。兜立刻打斷他們，「如果覺得這樣很厲害，未免太天真。」

「天真嗎？」

「香蕉和飯糰都不會製造噪音啊。」

「聽著，即使是深夜，有時太太還是會等我回家，幫我準備晚餐或宵夜。」

「哦？」

「平均一年三次左右吧。」

「滿頻繁的。」蜜柑顯然在挖苦。

「遇上這種情況，我會吃她親手做的料理，分量比想像中充足。當然，也就不會想吃飯糰和香蕉。」

「也是。」

「你們知道嗎？便利商店的飯糰保存期限並不長，隔天早上就過期。香蕉也意外地不能放太久。」

「所以？」

「最後我找到的是……」

「找到的是？」蜜柑重複兜的話。

「香腸，魚肉香腸。既不會有聲音，可以放很久，又吃得飽，是最佳選擇。」

檸檬和蜜柑瞬間沉默。

「有時在深夜的便利商店，看到和我一樣下班回家的爸爸，打算買香蕉或飯糰，我總會想他們實在太嫩了。」兜繼續說，「終極的解答，是魚肉香腸。」

檸檬愣愣看著如此斬釘截鐵的兜，緩緩拍起手。起先掌聲仍有間隔，逐漸加快。

「兜，你剛剛用無敵帥氣的方式，講了一件超級丟臉的事，太令人感動了。」他彷彿要起身喝采，正經八百地拍著手，身邊的蜜柑一臉苦澀，「太蠢了。在這個業界一提到兜，不論誰都會大力稱讚。如果知道你怕老婆怕成這樣，一定會有人大失所望吧。」

好一陣子沒碰到他們了，兜暗暗想著，腦海浮現檸檬洋洋得意地說「多多島建設的負責人是珍妮．帕卡德小姐！」的模樣。

他從西裝口袋裡拿出魚肉香腸，靜靜剝下塑膠膜，咬了一口。香腸撫慰了飢腸轆轆的肚子。由於椅子發出吱嘎聲，兜不由得心慌意亂，連忙豎耳確認有沒有吵醒妻子。

兜

早上兜一醒來，妻子已要出門。「抱歉，早餐在桌上，記得吃喔。」留下這句話，她拉開玄關大門，衝了出去。「我忘記早上要開會。」

「慢走、慢走。」兜應聲，在洗臉台洗完臉，上完廁所，走向餐桌。他望著牆上的鐘，時間是早上七點半。

妻子不在家，兜感覺十分輕鬆。當然，他不是討厭或害怕妻子，倒不如說，在漫長的婚姻生活中，對妻子的愛情絲毫沒減少。不過，他必須時時留意妻子的心情也是事實。就像是老虎尾巴（註），不，妻子的尾巴盤踞在地板，而且還看不見，不知何時會踩到。

兜打開電視，螢幕上出現早晨的情報節目，一名年輕女子站在天氣圖前方，說明關東地區的一週天氣。

「這個女生跟你媽媽挺像的。」兜說著，只見兒子克巳坐在餐桌前，小口小口啃土司。克巳的鼻梁高挺，一雙黑瞳十分引人注目。雖然是高中生，但看起來頗成熟。即使拿開身為父親的偏愛濾鏡，那混合著堅強與脆弱的外表，依然充滿魅力，可能是像母親的關係吧。

「老媽？欸，差多了，她才二十幾歲。」

「再過二十年，就會跟媽媽一樣。」

「這種說法啊……」克巳指著桌上擁有悠久歷史的海外品牌茶杯，「如同在說過了一千年，這個杯子也會變成土器。」

「你瞧不起土器嗎？那可是比杯子更貴重，況且你手邊的杯子根本不屬於土器。聽好，我是說電視上的氣象主播長得像媽媽。」

「老爸，你先入為主的毛病實在嚴重。」

註：源自日本諺語「虎の尾を踏む」（踩到老虎尾巴），意指引發大麻煩。

「我先入為主的毛病很嚴重？」

「對，一旦認為『這件事情就是這樣』，你便會相信那是事實。」

「是嗎？」

「之前不就是如此？我們走在路上，發現大樓前方出現人潮，遠處傳來消防車的警笛聲，你就自信滿滿地指著人群說『原來如此，那裡失火了』。」

「是有這麼一回事。」

「其實是商店舉辦特賣會，大家在排隊而已。」

前一天，兜剛從同行口中聽聞縱火集團在活動，才有先入為主的印象。不過，無法向兒子解釋，他也的確是搞錯狀況。「這樣啊。」

「宅配的送貨大姊沒再露面後，你一臉認真地說『原來如此，她被抓到沒駕照了』。」

「當時，新聞都在報導宅配司機無照駕駛的問題嘛。」

「喏，老爸，你總是立刻組合情報，跳到結論，喜歡把一切都串連起來。一聽到你說『原來如此』，便要格外小心。」

由於沒自覺，儘管不是故意的，兜並未反駁，只曖昧地回應，「或許我真有這麼一面。」

克巳似乎已沒在聽兜說話，直盯著電視，脫口而出，「對了，外遇是真的嗎？」

兜差點摔下椅子，一陣顫慄竄過全身，忍不住提高音量。

「你在說什麼！不要隨便說這麼恐怖的事！」

「咦，我在說這個氣象主播。最近的網路新聞報導，她和節目製作人在搞外遇。」

「喔，原來是那個。」

「哪個？」

「沒什麼。」兜回答後，覺得如此模糊的反應容易引起誤會，又加一句「我可沒外遇」，反倒益發可疑。

「漂亮的女人果然厲害。」克巳忽然有感而發。他單手撐著下巴，臉頰靠在手指上，注視著電視，幾乎是自言自語，但是兜並未漏聽，問，「『厲害』是什麼意思？」

「一遇到美女，男人只能舉手投降吧。」

「高中生怎麼吐出這樣自以為是的話？」

「這是學校教的。」

「學校教的？哪一科？」

克巳一副才發現父親坐在一旁似地驚醒，端正坐姿。「不是啦。一個月前，我們班的老師請產假，來了一個代課的美女老師。」

「『美女』是主觀的評價。」

「雖然負責教國文，但她完全不行。不僅不會寫漢字，連『太宰治』怎麼發音也不知道。」

「這樣居然還能當國文老師。」

「因為是美女，萬事ＯＫ。」

「沒這種事吧。」

「學校裡的老頭子看到她都笑瞇瞇，校長根本就融化了。」

「你們也一樣吧。」

「我不否認。」

之後，克巳陷入沉默，兜吃著土司看電視。半晌後，克巳冒出一句「我前幾天看到了」，似乎要繼續剛才的話題。該不會克巳目擊到他工作的危險場面吧？兜不禁加重語氣，「看到什麼？」

「那天放學後，天色頗暗，我經過視聽教室，看到那個老師。」

「美女老師嗎？」

「對，還有一個年輕的男老師。他是隔壁班的導師山田，熱血又認真。總之，他們面對面站著。」

「山田老師，加油啊……是這種令人心跳加速的發展嗎？」

「才沒那麼悠哉，山田結婚了。」

「咦？」兜雙臂交抱，皺起眉。「這是另一種意義的心跳加速。山田老師，小心哪。」

「老爸，這是什麼意思？」

「山田老師和美女老師是公開交往嗎？」

「大概只有我們知道。原本我們待在視聽教室，兩個老師突然進來，不得不躲起來。」

「我們？目擊兩人外遇的不是只有你嗎？那是你和誰？」

糟糕，說了多餘的話。克巳顯然十分後悔。這時兜心想，反正一定是和同班的女孩開心約會吧。

「『我們』指的是，我和……」克巳移開視線，不滿似地回應，「老爸你啦。剛剛你聽我說了這件事，不是嗎？所以，知情的只有我和你。」

「就當是這樣吧。」

「誘惑認真的熱血教師，那就是所謂的魔性之女嗎？」

「搞不好是男方先出手。」

「可是，山田是很認真的人，或許是敗給自身的罪惡感。」

「敗給罪惡感？」

「他最近都休假，不來上課。其他老師說他生病需要療養，但我覺得那應該是類似拒絕上課吧？」

「老師拒絕上課嗎？」

「女人實在恐怖。」

「有恐怖的女人，也有不恐怖的女人，各種男女都有。」

「對了，據說母螳螂會在交配時吃掉公螳螂，是真的嗎？」克巳問。

「哦，那個啊……」

「果然，公螳螂只是用來交配嗎？」

「不是的。」兜開始說明。以前某個同行曾告訴他正確的答案。「螳螂的視野廣闊，動作又迅速，母螳螂是誤把身後的公螳螂當成敵人，進行攻擊。那是意外。」

「還是很恐怖。」

「你聽過『螳螂的斧頭』（註一）嗎？」這也是同行告訴兜的。當時，兜不曉得螳螂就是Kamakiri，反問「是像水燈的東西嗎？」對方狠狠嘲笑了他一頓。（註二）

「是像水燈的東西嗎？」

兜嘆一口氣，「就是螳螂啦。你想像一下螳螂舉起前腳的模樣，看上去挺勇猛，但就是螳螂而已。」

「所以是『敗犬的遠吠』的意思？」

「有點類似，但不太一樣，螳螂認為自己能贏。儘管弱小，卻拚命對抗的姿態，稱為『螳螂的斧頭』。」

「老爸，別總當老媽的受氣包，偶爾試著奮力一搏吧。」
「用斧頭奮力一搏。」
「不過，那句諺語並不是『要是螳螂有心，也能給對方迎頭痛擊』的意思吧？」
「說穿了，只是虛無的抵抗罷了。」
約莫是腦海浮現兜的斧頭被輕易折斷的情景，克巳露出同情的神色。
「可是，我認為不能小看螳螂的斧頭。」兜繼續道。
「總有一天，奮力一搏。」
「沒錯。不過，老師居然會拒絕上學。」
「最近這種情況滿常見的。比起老爸的學生時代，現在的日子更難過。」
「不論何時，日子都不好過。」
「舉例？」克巳加重語氣丟出問題，像是在挑釁，也像是在試探。身為人子，總是無法去不思考父親究竟是夥伴、敵人，還是對手。
「舉個例子，要是受到命令，必須運送蓋金字塔的大石頭，可是很痛苦的。遙遠的三千年前，有人過著這樣的日子。製作青銅器、彩文土器之類的，恐怕也是如此。」

註一：日文「蟷螂の斧」，意為螳臂當車。
註二：日本人普遍以片假名「カマキリ」（kamakiri）指稱螳螂，而螳螂的漢字發音「とうろう」和燈籠同音。

「居然回溯到美索不達米亞？老爸，你真是喜歡土器啊。」

「我不是那個意思……」

「對了，老爸，你會來這次的進路會談嗎？」克巳看著電視問道。

「進路會談？」兜皺起眉，「父母需要參加嗎？」

「我覺得老媽來就好了。」

「不，我當然會去。」兜立刻回應。

「咦，好啊。不過是在平日，你要上班吧？」

「欸，你知道我最想做什麼嗎？」

「我哪會知道。」

「擔心兒子的未來。不管有關學校或其他事，為你的人生煩惱著『這樣不行、那樣不行』，就是我最想做的。」

兒子露出不高興的表情，但兜一點都不在意。因為這是他的真心話。

兜

「我向你推薦這項手術。」兜的面前坐著一個身穿白袍，戴圓框眼鏡的男人。他面無表情，看不出情緒，令人懷疑該不會這個醫生本身就是裝備掃描或透視功能的醫療器材之一。

這是位於東京都內的商業區一角，某大樓中間樓層的內科診所。候診室的患者三三兩兩坐著。主治醫生的醫術高明，開出的藥方十分有效，生意應該會更好。然而，醫生冷淡的態度和欠缺溫度的氛圍，或許抵銷了優點。總之，這家診所的人氣還算不錯。

「不，我拒絕。反正是惡性吧？」兜指著醫生攤開的病例說道。

醫生點點頭。

「我不是說過，不想再動惡性手術了嗎？很可能會因惡性對象的手術死掉啊。」

「你又還沒到那個年紀。」

面無表情的醫生肌膚光滑，沒什麼皺紋，年齡不詳。不過，自兜二十幾歲起，醫生便幫忙仲介工作，當時他就是這副模樣，或許其實年紀不小了。儘管遣詞用字客氣，卻透著縱橫業界多年的老練。

「不，我不能再胡來。」兜回答。

「沒幾個人能跟你一樣，任何手術都能冷靜且巧妙地處理。」

醫生從不說奉承的話，如同衛星導航系統從不吐出「沒問題的。雖然稍微迷路，但你幾乎都按指示努力過來了」之類的稱讚，因此，這番評價並無虛假。

「我希望能儘早離開業界。」

「出院是需要錢的。」

這個男人真的打算讓我退隱江湖嗎？兜不禁想著。近二十年來，所有工作都是透過醫生仲介，醫生會指示他殺害這個男人、解決那個男人。恐怕不只兜，醫生應該還有不少以「患者」為名目的業者。

攤開的病歷表上記載著目標的情報。如果不曉得應該「動手術」的對象的名字、住址，就會以一般人看不懂，不知是醫療術語或德文的文字寫下可調查出的資訊，及委託人設下的條件。雖然貼著目標的大頭照，但只要放上專用的濾鏡，看起來就是充滿陰影的X光片。

醫生將仲介的工作資料偽裝成病歷表，和患者的混在一起，保管在診所裡。要隱藏情報，病歷表是最合適的。由於是個人資料，第三者無法輕易閱覽。

診所的看護師中，一名同樣年齡不詳的資深女性護理師，似乎很清楚醫生的仲介內容，但其他的年輕護理師約莫是一無所知。或許正因如此，醫生和殺手之間的往來，都是使用偽裝成醫療術語的黑話，及將文件混在診斷資料裡進行。所謂的「手術」指的是殺人，「惡性」代表目標是專業人士。

克巳出生時，兜考慮起退休，實際和醫生提到這個想法是在五年前。醫生既不驚訝，也沒歡欣雀躍，只是像念誦《六法全書》般說「既然如此，你需要付一筆錢」。兜不曉得錢的用途，也不曉得要匯去哪裡。然而，那是足以買下獨棟成屋的金額，實在不可能立刻拿出來。於是，「為了辭掉工作，得用那份工作賺錢」無奈狀況，不得不持續下去。

「你知道嗎？惡性的手術費比較高。你不是提過，反正都要動手術，不會讓人心痛的手術比較好？」

「是啊，雖然我以前根本不會這麼想。」

或許是克巳還小時，兜念日本民間故事給他聽的緣故。

有一半是認真的，兜暗暗想著。

善良老爺爺的付出獲得回報，邪惡老爺爺遭遇不幸，好人最後獲得勝利。讀完這樣的故事，兜第一次感到，隨便殺害沒做壞事的人不好。更進一步說，他不禁思考著，自己殺害的對象也有父母，小時候也可能像這樣聽父母念的故事。

兜明白理想和現實不同，但他希望盡量避免殺害無辜的人。

「這麼一來，只能接處理惡性對象的手術。」

可以這麼說。如果目標是從事違法、危險工作的同行，罪惡感會降低。就像藉著邪惡老爺爺的手，對付邪惡的老爺爺。

「總之，要是有其他的好手術，可以再聯絡我嗎？」

「好。不過，這陣子工作可能會比較難做。」

「是嗎？」

醫生在手邊的白紙上寫下類似記號的內容，像是在說明症狀，混著黑話喃喃吐出以下的話。

在這一區，有個打算大幹一票的集團。據說他們計畫在某處安裝炸彈，挾持人質躲在裡面。萬一他們真的動手，東京都內的警察會加強監視的層級。

「所以，我們的生意會變好嗎？」兜彷彿在說悄悄話地問。醫生回答「沒錯」，點點頭。

「既然如此，真希望接到解決想引發爆炸的那夥人的工作。」兜開了個玩笑，醫生卻笑也不笑地問，「藥還夠嗎？」

這是在確認是否需要補充武器。

「那就跟您要一點吧。」兜回答。他希望補充一些彈藥。有幾個表面上是釣具店或錄影帶出租店的地方，業者可獨自購入武器，但要是醫生幫忙準備會更省事。

醫生寫了張處方箋。

拿著處方箋去隔壁的藥局，會得到一張卡片。翌日，前往指定的投幣式置物櫃，以那張卡片和密碼打開，便能獲得需要的武器。

從車站回家途中，兜經過克巳就讀的高中。或許是腦袋裡還記著前幾天早上，克巳問他會不會參加進路會談的緣故，他走了和平常不一樣的路線。

「你是不是不在乎克巳？」約莫四年前，妻子曾這麼責備兜。在客廳看著深夜節目，討論到有關營養午餐的社會問題時，兜忽然想到——真的只能說是忽然想到，一件芝麻蒜皮的小事。

「克巳的學校提供營養午餐嗎？」他問妻子。沒有其他意思，只是想和妻子對話，跟妻子有些言語上的交流而已。其實，兜知道克巳會帶便當上學。他不過是看到這個節目，認為是不會出錯的話題，很適合當溝通的第一球。

不料，輕輕投出的第一球，妻子竟以快速球回敬，兜瞬間臉色蒼白。原本他打算來場簡單的投接球，沒想到比賽早就開始，妻子拿著球棒，看準「這是好球」，狠狠一揮。你連兒子是帶便當上學都不知道？我不是每天都很早起來做便當？妻子連珠砲般，進一步翻起舊帳。「你每天都睡到很晚」、「你們公司似乎挺閒的，真羨慕」，聽到這裡，兜腦袋已短路。全盤接受妻子的說法，內心會淌血，但要是反駁，只會徒增討論的時間。他胸口的齒輪停止轉動，乖乖接受妻子的指責。或許他真的不夠注意兒子，承認缺點、加以反省、保證改善，才是圓滿解決的唯一方法。最後得感謝妻子，「我以為夠關心兒子了，這麼一提醒，我深刻感受到自己的缺失。託妳的福，我又成長了。」不卑不亢地說出這些話，也很重要。

總之，當年的辛酸記憶，和這次的「進路會談」，在腦袋裡混成一團，兜認為「要把握機會，至少把高中的狀況搞清楚」。

他沿著克巳就讀高中前方的步道走著，一邊眺望校園。歷史悠久的校舍，寬廣的校地，在密集的住宅區裡簡直大得奢侈。據說地主非常重視孩子的學業，於是提供土地蓋學校，事實的真假不明。搞不好學生人數一減少，馬上就會拆掉學校，改蓋高級住宅出售。

以黃金地段來說，這裡的校園廣闊到令人感到可惜。不知不覺間，兜停下腳步，愣愣注視著裡頭。

可能是足球隊或田徑隊的成員在跑步。這麼一提，克巳有沒有參加社團？兜不記得，當然也不能問妻子。

兜默默想著，瞥見柵欄另一側、大到誇張的跑道附近，一名穿黑色套裝的女子。她明顯和高中生不同，散發著成熟女性的丰采，不過大概也是二十七、八歲而已。

兜一眼看出，她就是克巳口中，替休產假的老師代課的美女。

不曉得是什麼東西掉落，還是在埋重要的物品？她認真地觸摸地面，當她抬起頭，和兜視線交會時，流露一絲驚訝。

兜想直接轉身離開，又覺得不自然，於是點點頭。對方僵硬地低下頭，可能認為兜是在觀察學生的詭異男人。

兜想自我介紹是學生家長，但隔著一段距離，總不能對人大喊。

不知為何，美女老師忽然露出笑容。

兜不由得環視周遭，要是妻子目擊此一場面，事情就麻煩了。

兜

「喂，從我們家這邊過一條馬路，西邊那裡不是有一戶完全不遵守丟垃圾規定的人家？」

晚上，克巳在二樓入睡後，兜在客廳吃著蛋糕。那是妻子下班後，從新開張的蛋糕店買回來的。她想嘗試全部的口味，於是剩下的六種都各買一個。

「克巳不吃，我們來分掉吧。」妻子興高采烈地說著，但兜根本不喜歡甜食。婚前，兜就反覆強調過這一點，妻子卻完全不記得。「話雖如此，你不討厭甜食吧？」、

「你不是受不了甜食到要死的地步吧？」妻子這麼一逼問，兜不得不表示「儘管受不了，不過沒有到要死的地步」，變成硬逼自己配合妻子的嗜好，然後成為既成事實。下次，妻子就會丟出一句「之前吃那麼多，今天也會吃吧」。

兩人吃六個蛋糕，除了痛苦之外，沒有別的感受。妻子還宣布「我各嘗一口，你多吃一點」，光聽這句話，可能會有人誤會是妻子讓步，放棄心中的渴望，實在恐怖。

總之，在餐桌旁淺嘗蛋糕的妻子，聊起不遵守規定丟垃圾的住戶。

「哦，妳是指那一棟嗎？」兜大聲回應。

「嗯，就是有六戶的那棟成屋。」

「對、對。」

「其中兩戶有夠沒禮貌。」

「是嗎？那件事的後續呢？」

兜當然不曉得妻子在說什麼。恐怕是好一陣子前，妻子某天早上提過，兜可能剛完成夜晚的工作，睏得要命，完全沒聽進去。以前妻子曾生氣地說「如果不想聽，就不要聽」。之後，不管兜多疲倦、多想睡，都會給出巨大的反應，藉著誇張的肢體語言，用力附和妻子的每一句話，「咦，這樣嗎？」、「哇，實在不敢相信！」雖然曾害怕是不是表現得有點過頭，但妻子似乎不在意，因此兜不再聽妻子抱怨過此事。

「然後，因為他們最近沒在垃圾收集日以外的日子丟垃圾，大家以為他們終於開始守規矩，沒想到是搬家了。」

「什麼？搬家了嗎！」兜的語氣強烈，但實在不是什麼值得訝異的情況。搬家再稀鬆平常不過。看來，誇張的反應已成為習慣。

「那是先建後賣的新成屋耶，而且是兩戶都搬走。」

「兩戶都搬走嗎？」兜感到有些不對勁。

「附近的人去按門鈴，都沒人在。」

「是一起去長期旅行嗎？」

「好像也不是。」

「該不會是遇到什麼危險的狀況？」兜的腦海浮現有人死在室內的景象。

「討厭，不要講這麼恐怖的話。」妻子不滿地抱怨，「我們的身邊怎麼可能發生那麼可怕的事。」

她應該完全沒想過，近在眼前的丈夫就是在做那麼可怕的工作吧。

「或許是和附近鄰居起爭執就搬走了，像是噪音問題之類的。」

「是啦。不過，比起那種事，更重要的是……」妻子睜大雙眼，拍一下手。

「問題是這些蛋糕。」兜看著裝滿蛋糕的盤子，嘆一口氣。他的肚子撐到不行，攝取的糖分多到血管裡流的都是生奶油。

然而，妻子似乎沒聽到兜的話。她恐怕是內建篩去丈夫不滿、抱怨的過濾器，毫無反應。兜趁亂試丟出一句，「說到問題，我們夫妻晚上很久沒那個了，要不要增加一些次數？」

不知是幸或不幸，妻子根本沒聽到他的話。「對了，最近的高中老師真的很誇張。」

「誇張？」

「只是傳聞啦，但克巳學校的老師……」

「拒絕到校嗎？」

「哎呀……」妻子有點驚訝地注視著兜，似乎頗意外。

「山田老師，對吧？」

「你怎麼知道？」

「畢竟……」兜注入十二萬分的感情，「那是兒子學校的事。我也是會張開天線，收集情報的。」

妻子露出對兜刮目相看的表情，「不過，聽說山田老師連家都不回。明明有老婆和小孩。」

「什麼情況？」

「可能是太煩惱工作，連家也回不去。」

「那麼，搞不好是和美女老師同居。」兜說著，想起白天在校園看見的那個老師。

妻子尖銳的質問聲，穿透他的耳膜，「美女老師是怎麼回事？」

兜彷彿被妻子抓住胸口。

「唔……克巳說山田老師和美女老師似乎很要好。不過，美不美是挺主觀的。」

「山田老師結婚了。」

兜刻意大大嘆一口氣，像是要說「真是難以相信」般用力搖頭，「沒想到結婚的人，居然會和別的女人很要好，我還以為是都市傳說之類的。」

「又沒人這麼說，山田老師可能純粹是工作不順吧。」

「誰曉得。」如果繼續深入這方面的話題，妻子的矛頭遲早會對準兜，於是他曖昧地回答。

「對了，」妻子忽然提高聲調，「下下星期五你有空嗎？」

「星期五？」

「那天是克巳的進路會談，希望你和我一起去。」

「當然，我本來就打算要去。」兜點點頭。刻不容緩，毫不猶豫地迅速回應是最佳方法。

「哎呀。」妻子有點驚訝，「反正到時你又會說，有緊急的工作進來不能去，對吧？」

「這不是自誇，我在公司沒那麼忙。萬一真有緊急的工作，希望他們能丟給我。」

「但你不止一次啊，明明是家裡的事，卻臨時發生狀況不能來。」

「那個時候真是萬分對不起。現在想起來，還是很痛苦。」兜的反應誇張，彷彿為自身的罪行戰慄不止。實際上，他早就不記得那麼久以前的事。那恐怕不是公司的工作，而是臨時接到危險的工作，趕不上家裡的事吧。

「沒問題。」兜點頭，「我本來就沒那麼多急事。」

兜

「確定要進行緊急手術。」在診間和兜相對而坐的醫生，看著兜口齒清晰地說，「只有下下星期五一次機會。」

醫生的話聲如同電腦的訊息視窗，毫無溫度，而且沒有「是」或「否」的選項，就像「即將更新程式」的視窗上只有「ＯＫ」的按鍵，沒有任何置喙的餘地。若要避開這則訊息，只能強制關機。

「我才不管緊不緊急，總之那天不行。」兜想抗拒電腦散發出的威嚇感，雙手稍微伸到身前，「我那天有事。你也幫幫忙，身為上班族，平日的白天我得做那邊的工作啊。」

他不打算告訴醫生，兒子的進路會談在那一天。

兜從婚前就和醫生有交情。換句話說，兜進入這個業界沒多久，便是由醫生幫他斡旋工作，不過，他並未告訴對方本名和住址。在醫生的眼中，他僅僅是「兜」罷了。當然，若是醫生有意，隨時都能調查兜的情報。兜曾簡單交代家庭成員，但沒必要讓對方得知多餘的情報。

「你沒辦法請假嗎？」

「那天不行。」兜明白表示，「其他日子也可以吧？」

醫生看著手邊的病例，現階段兜還不曉得目標究竟是哪裡的誰。

「其他日子不行。這次的手術條件極佳，錯過實在可惜。」

「條件極佳？怎麼說？」

「手術費很高。」醫生讓兜看寫在病歷表上的數字，但旁人看來只是血液檢查的結果。

兜不得不承認，那確實是相當高昂的費用。「可是，之前不是提過？最近或許會發生爆炸案，這樣一來，警方的警戒程度會提高。這樣也無所謂？」

「正是那件事。」醫生立刻回答。

「正是那件事？」

「之前你不是提過？生意似乎變好了。」

是指他說想接解決爆炸案犯人的工作嗎？「原來是那件事嗎？」

醫生點點頭。

「真是這樣，心情上會輕鬆一點。」面對惡性的目標，所謂的專業人士，若能防止爆炸的發生，罪惡感自然會減輕許多。

如同醫生說的，一次聚齊這麼多條件非常難得，錯過確實可惜。

我接受手術，兜回答。

「明智的決定。」醫生說完，終於將詳細資料交給兜。由於不能將印有必要事項的文件帶回家，他必須將顯示在桌上電腦螢幕的內容記在腦海裡。

螢幕上是目標的臉孔。看上去是個沒什麼力氣，弱不禁風的男人，兜不禁脫口而出「感覺很容易」。醫生依舊面無表情，同意了兜的看法，「從長相看來，確實瘦弱。」

男人擅長開發輕型炸彈，似乎應該稱為炸彈專家。最近幾個月都在海外生活，這次是受同伴邀請回到日本。

當他抵達機場時，是最容易接觸的時刻，也就是下下星期五。相對地，要是錯過時機，要找出他躲藏的地方就很困難了。

「所以才說只有那一天能進行緊急、重要的手術。」

兜詢問醫生，男人還有哪些同伴？醫生回答，應該很多種吧。如果是計畫挾持人質，會有負責勘查地點的人，確保逃脫路線的人。依逃脫方法的不同，應該會有專業的駕駛吧。

「以前有一本漫畫，講的是集合擅長各種領域的學生組成棒球隊的故事，就跟這個一樣吧。」

「要說組隊，也確實是組隊。」

兜聳聳肩，「總之，要是那傢伙搭的班機礙於天氣不佳，或其他原因停飛就太好了，真希望能晚一天再行動。」

這樣的話，或許就能去參加兒子的進路會談。

醫生只是面無表情地盯著兜。

當天晚上，兜坐在家裡客廳的沙發上看電視，但節目內容完全沒進入腦袋。

時機，一切都是時機。像是為了說服自己，兜在心裡反覆念誦。對萬事萬物而言，最重要的就是時機。為了避免克巳和妻子發現，兜深呼吸好幾次。

這時，克巳停止滑手機，將手機收到口袋，發出不知是「嘿」還是「齁」，怎麼努力聽都不像「晚安」的話聲，爬上二樓。妻子對兒子說「晚安」，兜豎起耳朵，從妻子的語氣判斷她的心情。

如果有事要告訴妻子，尤其是會讓她不愉快的事時，隨著她當下的情緒，反應會有極大的差異。

比方，她得知什麼好消息、剪了個好看的新髮型，還是街上有人猜她較實際年齡年輕，不管什麼事，只要她心情愉快，寬容接受兜的發言的可能性便大大提高。相反地，要是她不高興，或有一絲不滿，整棟屋子就像遭到無聲冰凍，沉默地颳起暴風雪。

觀察妻子的語調和臉色後，兜做好覺悟。他決定先去上個小號，向妻子招認「有一件難以啟齒的事……」就算是要襲擊危險的對象，扭斷對方的脖子之前，兜也不曾如此緊張。他為什麼能夠那麼迅速、冷靜地襲擊別人？同行都不禁咋舌。反倒是在自家得全神貫注，留意各種風吹草動，實在太奇怪了，兜煩惱不已。

怎麼了？妻子開口問兜。無法判斷此刻妻子心情的好壞，可是不能在這裡卻步，總是必須說出來的。

其實，進路會談的那天，我臨時有個怎樣也排不開的工作。

兜盡量不沉重、不恭敬、不自暴自棄，採取介於三者之間的口吻，告訴妻子。

究竟是吉是凶？兜不由得想閉上雙眼。妻子到底會有什麼反應？兜心跳加速地等待。

「咦，不會吧。」妻子的語氣驚訝，話中帶刺，「你又在說什麼傻話？」

不，我是深思熟慮後才這麼說的。兜忍不住想反駁。

「啊，可是……」兜彷彿要表達決心似地說，「我記得會談是從下午兩點開始，要是工作早點結束，我一定會趕過去。」

炸彈專家會在中午十二點抵達機場，兜要是順利搭上電車，應該趕得及。

「好、好。」妻子厭煩地應道。辦不到就不要誇口，兜曉得妻子沒說出口的是這句輕視的話。

兜

「我也是為了家人拚命工作啊。」

「你有家人嗎？」

兜驚覺不慎吐出心裡話，低聲說「跟你無關」，益發用力扭住對方的胳臂。

兩人在距離機場一小段車程的草地上。這一帶有廣闊的褐色田地和樹林，及長著低矮雜草的土地。

兜穿著機場清潔人員的制服。

「可惡，你的體格真不賴。」兜不由得感嘆。對方的長相和醫生給他看的照片一樣弱不禁風，脖子以下卻是典型的肌肉男，非常強壯，跟醫生的推測完全不同。

「而且，你為什麼不準時抵達？」

「要是有意見，去跟機長或氣流說。」

要是能早點結束工作，就來得及趕往高中。兜暗暗期待著，目標搭乘的班機卻比預定時間晚二十分鐘才降落。兜在機場大廳等待，看到炸彈專家悠哉登場，他更加火大。

兜穿著制服拉開距離，尾隨炸彈專家搭電梯下樓。他跟著男人走向計程車搭乘處。不久，兜從後方叫住男人，「不好意思……」男人停下腳步，望著打扮成清潔人員的兜。「你的東西掉了。」兜從地上撿起一個小小的塑膠板，看起來像是量角器。男人當然沒見過這玩意，卻反射性接過。趁東西離開手中，兜按下口袋裡的遙控器開關。

男人全身顫抖著倒下，兜立刻上前支撐，接著抱住對方的身體。那片塑膠板上裝設有通電的機關。即使監視攝影機拍下這個畫面，看起來應該也只像兜訝異地接住忽然昏倒的人。

兜抱著男人，搭上停在一旁的偽裝計程車，離開機場。抵達樹林下車後，兜把男人拖出來，甩他巴掌，讓他醒來。

男人恢復意識後，兜說了聲「來吧」。起初搞不清狀況，一臉茫然的男人似乎察覺眼前的處境，眼神轉為銳利，朝兜衝過去。兩人纏在一起，沒發展成瘋狂互毆或互踹，而是不停扭打再分開。為了盡快控制對手的行動，兜的手指用力戳刺對方的鎖骨、側腹、尾椎和喉頭。

對手的動作沒兜想像中迅速。打這裡應該會這樣動、打這裡關節就不能動，兩人的格鬥完全按兜的預測發展。他的腦中忽然掠過一個念頭，如果在家裡和妻子的互動也能這麼清楚明瞭就好了。

「我也是為了家人拚命工作啊。」

不久，男人丟出一句「為什麼？」一拳揮來，兜避開他的拳頭回答「這也是工作」。

「我不是那個意思。」男人衝向兜，兜像鬥牛士般往旁避開。男人衝過頭，停下腳步回望，「我是問你，為什麼不趁剛剛我被放倒發呆時動手？」

兜喘著氣，雙眼仍直盯著眼前的對手，「我不喜歡對毫無防備的目標下手，我希望是在公平的狀況下辦事。」

「根本沒有什麼公平。」炸彈專家皺起粗濃的眉毛。

公平，這也是兜對兒子說的話。他從不要求兒子做正確的事、不要懈怠、不要害怕失敗。兜唯一能告訴兒子的是「盡量做到公平」。不論是批判非難某人，或擁護某人，都要記得做到公平。

「老爸，這種說法太曖昧了。」最近克巳對於父親的這個訓示——說訓示似乎太誇張，如此抱怨，「我不曉得實際上該怎麼做。」

「這個嘛，有很多作法。例如，要講別人壞話的時候。」

「又不是小學生，才不會互相對罵。」

「我只是舉例。聽著，不要故意取笑對方的名字很奇怪，或嘲笑對方的長相和體型。」

「為什麼？」

「那是對方再怎麼努力也無法改變的。攻擊對方無計可施的地方，不是很不公平嗎？」

「那到底應該怎麼罵人？」

「唔，比如……」兜思索片刻，「零食吧，這完全取決於對方是否努力。『哇，你連戒掉晚上的零食都做不到嗎？』之類的。」

「這種壞話根本沒人會懂。」克巳目瞪口呆，「如果對方罵說，你爸是沒出息的上班族，該怎麼辦？」

「真的嗎？」

「只是舉例啦。」

「是嗎？如果是這樣，就不要管他。」

「什麼不要管他……」

「聽著，講這種壞話的人會獲得什麼好處嗎？你爸爸是沒出息的上班族，是他的戰績嗎？不是，他純粹是指出事實罷了，甚至可能根本不是事實。不論是誰都能說出事實，卻沒人這麼做，畢竟大家都有分辨的能力，也具備常識。真的要說，只能怪那傢伙被情緒牽著鼻子走，失去分辨的能力，吐出毫無用處的事實而已。在這一點上，你並未因那傢伙的話蒙受任何損失，只要回嘴就行。比方，『你的祖先不是猴子嗎？』之類的，這也是事實。」

「這就是所謂的公平嗎？」

「對。然後，主張『自己可以對別人這麼做，別人卻不能這麼對待你』，就是不公平。」

「自己可以，別人不行……那件事要怎麼說？老媽不是常發脾氣，抱怨老爸晚歸的腳步聲很吵？說什麼吵得她睡不著。可是，當老爸放假在睡覺時，老媽卻開始用吸塵器，不是嗎？那才是不公平。」

那一瞬間，兜覺得找到理解自己內心的人，感激到眼眶溼潤，但他不能擁抱克巳。萬一說出「你真是太了解我的心情」，難保不會傳到妻子的耳裡。雖然他不認為克巳是往來於父母之間的雙面間諜，但絕不能疏於防範。

兜以手肘從背後勒緊對方脖子，不久，男人失去氣息。

他將屍體埋在附近的樹林裡，醫生說留下手術痕跡也無妨，沒必要小心處理。炸彈專家本人恐怕花費很大心力隱藏身分，就算屍體曝光，警方應該也不會立刻查出他的身分。

將土撒在男人身上前，兜從口袋拿出手機。曾有手機響起，導致在埋好的地裡發現屍體的窘況。手機上掛著小小的炸彈吊飾，兜忍不住苦笑，這麼喜歡炸彈嗎？

他瞄一眼手表，脫下制服，換上西裝。接著，開著剛剛搭乘的計程車，回到機場。

與其開車，搭電車前往學校比較安全。

兜

抵達高中校門口時，手表指向兩點十分。兜認為自己趕上了，不過他知道以妻子的角度來看，大概會被分到沒趕上的那邊。他煩惱著該不該衝去教室，一邊走進校園。這時，他察覺自己根本不曉得克巳是哪一班，一股寒意竄過背脊，腦海閃過「會挨老婆一頓臭罵」的念頭。

兜在學生出入口脫下鞋子，尋找可替換的拖鞋，發現如垃圾般地丟在鞋櫃旁的拖鞋。他立刻穿上，衝上樓梯。學年愈高教室愈高，他憑著瞎猜的理論推斷三年級的教室位在三樓。他衝到三樓的走廊，張望四周，不見一人，也沒有學生的蹤影。他確認時間，整個學校彷彿已打烊，非常閒散。為了準備進路會談，學生提早下課了嗎？

搞不好來不及了，妻子的憤怒指針進入紅色區域的畫面，浮現在兜的眼前。

他在走廊上快步前進，看到標示著「視聽教室」的門半掩著。克巳提過美女老師在這裡幽會，於是他窺望室內。沒想到，美女老師本人就在裡頭，兜嚇一跳。

「有什麼事嗎？」美女老師走到門旁。

「呃，我是克巳的父親。」明明沒什麼好心虛的，兜仍吞吞吐吐回應。光聽名字，對方似乎不曉得是誰，兜慌忙補上姓氏，表示「我來參加進路會談……」

「啊，不在這裡。」美女老師指著延伸到走廊盡頭，再轉向右邊的路，「在裡面那棟。」

兜盯著在眼前動來動去，細長白皙的手指。那宛如優雅舞動的蛇頭，彷彿有著誘惑人心的力量。

這時，發生兩件事。

首先是兜的手機響起。來電顯示妻子的名字，他將手機放到耳邊。

同一時間，口袋裡的另一支手機掉在地上。起先，兜搞不清楚那是什麼，原來是將近一小時前，和兜格鬥的男人口袋裡的手機。掉在地上，彈一下，翻了過來，手機吊飾晃個不停。美女老師緩緩撿起手機，遞給兜時說了句，「咦，這是……？」

兜示意她稍等，仔細傾聽手機傳來的妻子話聲，「老公，你在哪裡？該不會還是來不及？」

「不，我到了。」

「請問，這是你在哪裡拿到的？」美女老師問道。

「等一下，我現在沒空講這個。」兜應一句。妻子聽見後，高聲質問，「『沒空講這個』是什麼意思？」

「啊，我不是那個意思。」

「你在哪裡撿到的？」美女老師非常自然地打開手機，按下幾個按鍵。兜本來想大喝「不要隨便亂碰別人的電話」，不過對他來說，那也是別人的電話。

「這個。」

兜抬起頭，美女老師的眼神非常認真，掛在臉上的笑容消失。

「喂，我聽到女人的聲音，誰在你旁邊？」

「欸，不是妳想的那樣。」兜感到腦袋發熱，就和各處發生火災，令他左右支絀一樣。不趕快滅火，被害範圍會愈來愈大。冷靜下來思考，一件一件來處理，說不定就沒有問題。然而，或許是妻子焦躁的話聲和美女老師就在身邊的心虛，讓他失去冷靜。當他察覺到時，他發現自己的動作搶在意識前面，伸手摀住美女老師的嘴。「妳可以安靜一下嗎？」

「『安靜一下』是什麼意思？」電話另一頭的妻子生氣了。

「不是啦。」他這麼說著，望向美女老師，她正瞪著摀住自己嘴巴的手。兜的手沾有血跡。他的手腕和拳頭，沾著可能是炸彈專家的鼻子或嘴巴流出的血，現在已乾涸。

糟糕，兜這麼想著，耳畔的手機掉落。美女老師動手毆打他。啊，兜的視線追著電話，伴隨著「噢」一聲，左臂突然被扭到背後。

兜無法從容思考發生什麼事，扭動身體，甩開胳臂。對方摘下老師的面具，腿在空中畫了個弧。兜避開她，衝進視聽教室。如果在走廊上打鬥，遭人目擊就麻煩了。

美女老師追過來。兜忘記腳上穿著破爛的拖鞋，一如往常地行動，卻滑一跤，往後摔倒。美女老師從上方逼近，開口問，「你在哪裡拿到那支手機？」

「那是……」仰躺的兜想回答，卻發現手機掉在一旁，要是仍在通話中，妻子就會聽見。他晃動身體想甩開騎在他身上的女人，但對方可能相當擅長壓制，動也不動。這時，兜終於察覺美女老師並非一般人。

兜左右搖晃身體，動著肩膀。為了壓制兜的反擊，對方益發使勁，導致他的呼吸大亂、喘個不停。

兜感到一陣氣惱。萬一妻子透過手機，聽到他和女人呼呼哈哈地喘個不停，豈不是容易誤會他們在做不可告人的事嗎？即使向妻子解釋，他正在和女人打鬥，妻子也不可能接受。

女人又說了什麼，兜竭力翻身。對手不是區區教師，而是危險人物，絕不能手下留情。如果兜拿出真本事，業界幾乎沒人跟得上他的行動。

他竄到女人的背後，手腕扣住對方的脖子，手肘像要掐碎她的喉嚨，用力一勒。

兜抱起一動也不動的美女老師，將她運到視聽教室內放置器材的地方，那裡很少有人出入。接著，他撿起手機，確認和妻子的通話已切斷，才鬆了口氣。等呼吸平穩，他撥打烙在腦海裡的號碼，接電話的女性說出診所的名字。

「由於緊急發作，可以立刻幫我接醫生嗎？」

他大大吐一口氣。「緊急發作」是必須立刻和醫生商量的暗號。

兜

好不容易抵達克巳的班上，妻子和克巳恰恰走出來，下一組家長和小孩正走進去。

「啊，老爸。」克巳抬起頭。看似有點害羞，但還是露出笑容。

兜無法理解他在笑什麼，總之先為沒趕上道歉。

「沒關係，你得工作。」克巳口吻老成，雖然有些粗魯，卻也帶著一點親近感。

「是啊，我去工作了。」

「不用這麼勉強。」克巳指著兜，「你的西裝都皺巴巴了。」

兜詫異地檢查自己，領帶扭曲，領子歪一邊，西裝也髒兮兮。他慌慌張張地整理儀容。

「但仍拚著老命來這一趟。」聽到妻子這句話的瞬間，兜終於敢面向她。以為妻子會狠狠酸他一頓，或以冰冷的眼神沉默注視著他，他大為意外。兜訝異地看著妻子，只見她以前所未有的溫柔表情繼續說，「進路面談也沒什麼麻煩，順利結束。」

妻子散發著女神般的氛圍，兜困惑地提高防備，「喔，是嗎……」

不過，這個謎團因克巳的一句話，頓時煙消雲散，「導師說老媽看起來才三十出頭，她心情好得不得了。」

「這樣啊。」

「老師說，看起來年輕將近十歲呢。」

「原來如此。」兜理解妻子變得如此沉穩的原因後，忍不住指出「三十出頭有個高三的兒子，年齡根本兜不攏」。

妻子的雙眸閃過銳利的光芒。「禍從口出！」他暗暗大喊，不禁要斥責自己毫無危機管理的能力。兜立刻補充，「如果不管年齡的差距，看起來的確很年輕。」

「我的導師是教數學的。」

「數學老師居然會算錯，真是讓人驚訝。」

「反正就是這樣。」妻子一臉滿意地下結論。

總之，太好了，一切都太好了。兜感慨地放下心中大石。

接著，他思考起美女老師的來歷。

剛剛兜在視聽教室裡，對接了電話的醫生說，「解決炸彈專家後，在別的地方遭到女人攻擊。看到炸彈專家的手機後，她就對我動手，這到底怎麼回事？」

醫生的回答非常冷淡，「大概是同種類的腫瘤吧。」

「打算引發爆炸案的集團成員嗎？」兜嘆一口氣。

不知是手機吊飾或機種的緣故，女老師認出那是炸彈專家的手機。兜突然想起，對方檢查過手機，或許曾確認通話紀錄。然後，從兜的反應和手上的血跡，確定兜毫無疑問是敵人。

根據克巳的說法，那個女人是一個月前到這所高中。明明是國文老師，卻沒幾個漢字會念。

原本的老師另有其人，遭到取代了嗎？

真正的老師在哪裡？兜腦中冒出的都是不太愉快的想像。

那麼，對方為什麼潛入這所學校？

操場！提到這所高中的特色，首先就會浮現寬廣的操場。

「直升機嗎？」兜不管還在講電話，喃喃自語，「就是那個。」

「那個是什麼？」醫生訝異地反問。

「你之前說過，爆炸案集團可能會使用直升機吧？」

「我沒說到直升機，不過他們計畫幹一票大規模的挾持人質案件，為了逃走準備直升機也不奇怪。」

上次見面時，醫生提到要挾持人質，應該會有人負責調查那個地方吧。兜想起妻子提過的「很快就從成屋搬走的兩戶人家」。

若是其中一個成員住在那裡，調查當地的情況，或用來當成訂立作戰計畫的據點呢？這樣一來，是個不遵守丟垃圾的規定、沒常識的人也不奇怪。然後，等到計畫實行的階段，便離開那棟房子。不，這個想法實在太牽強。果真如此，為了避免引起鄰居的懷疑，應該不會在丟棄垃圾的瑣事上引人注意。

原來如此、原來如此，兜不知不覺用力點頭。

接著，他思考起美女老師的事。

犯罪集團是打算挾持人質後，在這所高中使用直升機吧。為了進行準備，才潛入學校。這麼一想，那名熱血教師的故事，恐怕是不同的劇本。兩人並非外遇關係，而是他對美女老師的行動產生疑惑，比方對操場跑道動手腳，或不自然地變動視聽教室的演出用照明設備之類的，前去質問她。於是，男老師行蹤不明，遭到封口。

「我不曉得怎麼處理女人的屍體。」兜這麼一說，醫生回應「我這邊會處理醫療廢棄物」，要兜等到晚上，將屍體運到指定的地點。

實在很麻煩。晚上還要闖入這所高中，拖出屍體，搬到醫生指定的地點。深夜外出必須向妻子報告，一想到這件事，兜就陷入愁雲慘霧，不過他也不能多說什麼。「謝謝你替我處理，幫了我大忙。」他這麼回答醫生。

該不會醫生其實知道那女人吧？掛斷電話時，兜的腦中掠過這個想法。醫生是否早就知道爆炸集團裡有人潛入這所高中，而這裡正是兜的兒子念的學校。「你是不是早料到我會這麼做？」他不禁想質問醫生。由於醫生的態度太冷漠，兜忍不住胡思亂想。

「咦，老爸，怎麼了？」

由於在思考，兜的腳步似乎慢了下來，妻子和克巳走得很前面。雖然不是撒謊，他以「在想工作」為藉口，快步跟上家人。

「你在找那個美女老師嗎？」克巳開玩笑。

不能老實說「正是如此」，於是兜回答「她沒你媽媽漂亮」。

「等一下，怎麼回事？你見過她？」妻子語帶責備。

兜裝出剛接到電話的模樣，拿出手機說「我接一下電話」，迅速走下樓梯。

「對了，老爸形容過，老媽長得很像土器。」他聽到克巳正對妻子這麼說。

兜

從車站出來，兜在路上小跑步。那是替某個男人進行「手術」後的事。醫生沒向他說明，不過在酒吧發現的那個男人，似乎告訴酒保自己擁有直升機的駕駛執照。兜猜測那男人或許是爆炸案犯罪集團的成員。

至今尚未發生爆炸案。犯人是打算接下來才要動手，還是在動手之前，炸彈專家、直升機駕駛等方面的負責人逐一消失，整個集團空中解體，無法執行計畫呢？

兜若無其事地告訴醫生自己的推理，醫師只說「雖然是普通感冒，只要獲得少量情報，就會想成是嚴重的病症，這種狀況很常發生」。然後，醫生又補上一句「你想太多了」。

「兒子也這麼說過。」這不是想太多，兜有些不滿。萬一犯人打算利用那所高中，一旦附近區域發生爆炸，可能演變成挾持人質的案件。如果放著美女老師不管，難保身為學生的克巳不會出事。

換句話說，由於他的努力，確保家裡附近的和平，至少迴避了會降臨在克巳身上的危險。總是看妻子臉色，害怕不已的自己，大大活躍一場，兜感到志得意滿。

不要小看螳螂的斧頭，兜心想。

他瞥一眼手表，已是午夜，肚子發出聲響。

兜走進便利商店，經過窗邊的雜誌區，穿越店內擺放果汁的貨架。

他抵達並排著香腸的貨架，抓住其中一樣，旁邊冷不防伸出一隻手。對方是兜不認識的西裝男子，看上去年紀比兜大一輪。他熟練地拿起香腸。可感受到他絲毫不關心其他商品，以清楚明白的意志選擇香腸。

他們互看一眼，將視線移到對方手上的香腸。「勇者就是會彼此互相吸引」、「一流人才能夠一眼就看出一流人才」的想法應該瞬間掠過兩人的腦海，至少兜是如此。只有發現香腸是最極致的宵夜的人才能了解，雖然彼此都沒開口，但兜向對方送上「奮戰到底」的祝福。接著，他拿出錢包，在收銀台前排隊。

BEE

兜想像著男人倒下的情景。廁所應該是不錯的地點，眼前浮現掐住男人，讓他斷氣的場面。

兜

兜來勘查工作的地方。

他不曉得為何男人會成為目標，只是從仲介手中接下工作。而仲介這份工作的醫生，只是接下男人妻子的委託。

進行準備工作時，兜有時會事先勘查，有時不會，總之是依工作性質決定。這次屬於事先勘查。

兜走進男人公司所在的大樓，若無其事地觀察對方。男人體格精實，長相猙獰，對待同事的態度蠻橫，兜觀察片刻，便認定他一定會虐待妻子。在兜眼中，對方是距離他最遙遠的沙文男。

這是個會施暴的丈夫，妻子才會決定取他性命。他從未像兜一樣，看著妻子的臉色過日子。對，一定是死了也不可惜的男人。

勘查完畢，兜離開大樓，卸下手套、脫下獵帽、摘下眼鏡，最後撕掉貼在嘴邊的鬍子。

兜瞥一眼手表，下午三點多。拿出手機一看，發現來電通知，是妻子打來的。每隔十分鐘就一通，累積好幾通。

妻子遭遇什麼危險嗎？兜慌慌張張地打給妻子，一直沒接通，兜焦躁不已。

前陣子醫生告訴他的事掠過腦海。「好像有人打算要對你動手術。」口吻還是一如往常地毫無感情。所謂的手術，就是「要你的命」的意思。

「你知道虎頭蜂嗎？」

「不是昆蟲的虎頭蜂吧？」

有個名叫虎頭蜂的業者，擅長使用毒針殺害目標。很久以前，虎頭蜂殺害業內的有力人士，聲名大噪。當時兜透過醫生，從那名有力人士那裡接過許多工作，託虎頭蜂的福，工作量驟減。

「聽說虎頭蜂之前死了，記得是在E2上？」

東北新幹線「疾風」列車的車廂，是所謂的E2系統。在從東京出發的「疾風」上，發生業者之間的大亂鬥，死了好些人，業內稱為E2事件。兜不清楚詳情，也不曉得究竟多少業者牽扯其中，總之，根據業界傳聞，虎頭蜂已死在那班車上。

聽說虎頭蜂是一對男女搭檔，兜以為是真假不明的都市傳說，原來是真的嗎？當初在那班車上喪命的，似乎是搭檔中的女性。

「公的虎頭蜂沒有毒性，是真的嗎？」

「反正你多留意。」醫生這麼忠告，但兜並未太放在心上，他想不出自己被盯上的理由。

不料，妻子的來電讓兜想起這件事，一陣恐懼頓時貫穿全身。這一定是盯上我的某人採取的行動，只要一開始負面思考，兜就會立刻滑落谷底，判斷麻煩已找上門。

這時，妻子呼喚的一聲「老公」，從電話那頭傳進耳裡。

「喂，妳不要緊吧？」

「什麼不要緊，你幹麼不接電話？手機是帶好看的嗎？」

「抱歉、抱歉，實在對不起。」兜立刻道歉，拚命在腦中找藉口，「呃，其實是……」

不過，妻子的重點不在兜沒接電話，反倒高聲地說，「糟糕，有蜜蜂！」

果然是這樣嗎？一想到同行的虎頭蜂接近家門的情景，一道冷汗滑過兜的背部。

「妳趕快進去家裡，鎖上門，絕對不要外出。」

「拜託你趕快跟區公所聯絡。」妻子從餐桌旁起身，語氣強烈地叮嚀兜，「如果螫到你就麻煩了。」

不是「擔心」，也不是「害怕」，而是「麻煩」。兜有點在意妻子的表現方式，但決定聽過就算了。「那是長腳蜂吧，又不是虎頭蜂，被螫到也還好。」

「我在網路上查過，就算是長腳蜂也十分危險。總之，你別想自行處理。」廚房傳來妻子的話聲。

「知道啦。」兜乾脆地同意。想到妻子在擔心自己的身體，就覺得這樣也不壞。

聽到家裡出現蜜蜂，兜以為是同行去攻擊妻子，嚇得半死。仔細一聽，原來是庭院裡的樹木上出現蜂巢。「是那種蜜蜂啊，太好了。」兜放下胸口大石，脫口而出，妻子立刻尖聲問，「等等，什麼叫『那種蜜蜂』？是指出現蜜蜂很好嗎？到底是什麼意思？你有沒有在聽我說話？」熟悉的胃痛襲來，兜勉強擠出超級無力的辯解，「我的意思是，妳平安無事，實在太好了。不要去碰，我來處理。」說完，兜衝進地鐵。回家途中，他到ＤＩＹ用品店買了滅蜂專用的殺蟲劑，但妻子看到後，強烈要求他不要自行處理。

「那我來處理吧。」兒子克巳拋出一句，啃著玉米。金黃色澤的玉米粒，看起來就很甜美。實際上，克巳從剛才就嚷嚷著「好好吃、好好吃」，吃個不停。

「說不定是好兆頭。」

「什麼兆頭？」

「被蜜蜂螫到後，順利考上第一志願的學校（註）之類的。」

大學入學考就在眼前，雖然放暑假，克巳每天都到補習班，幾乎沒去戶外，皮膚比往年夏天都白皙。雙眸布滿血絲，約莫是都用功到三更半夜的關係吧。兜還是高中生時，便踏上與升學、就職無關的道路，過著在人生的歪路上討生活的日子，看著認真念書的兒子，既羨慕又憐憫。不，正確來說，絕大部分是羨慕。不須冒著生命危險加入鬥爭，坐在書桌前解決考試卷的生活，從某個角度來看，只有在治安好到一定程度的國家裡，在限定的時代，甚至是限定的某群年輕人才能獲得的境遇。

「克巳，不要這樣。假如中了蜂毒，該怎麼辦？」

「沒關係，用殺蟲劑就好。」

「絕對不行。要是你有個萬一……」

「那就麻煩了。」兜一插嘴，妻子立刻說，「才不是那麼悠哉的事，我會擔心得不得了。」

「原來如此。」兜暗暗想著，原來如此，和對我講的話有點不一樣。

「可是……」妻子將剛煮好的玉米放上盤子，一小堆的黃色玉米粒上升起煙霧，兜莫名有一種不祥的預感。「大大後天的早上，不是要和佐藤太太她們一起去露營？」

「嗯，對啊。」兜佯裝成理所當然，非常冷靜地點點頭。實際上，他對露營的計畫毫無印象。但聽妻子的口吻，是兜早就知道的事。不能在這一刻反問「那是什麼？」不然，妻子一定會開始生氣，抱怨兜都不聽她說的話。不，如果開始抱怨倒還好，她也可能不再開口，徹底陷入不高興的泥沼，半句話都不說，導致家裡籠罩著超級低氣壓。平常做著稱不上和平安穩的工作，兜希望至少待在家裡時，能擁有和平安穩的時間。

於是，他逼自己不要問「露營到底是怎麼回事」，配合妻子說出讓她高興的話。

「真是期待。」

是去山上，還是去河邊？到底是哪裡的露營地？

兜挖掘記憶，卻什麼都想不出來。妻子告訴他這件事時，他大概是累到極點，快要睡著吧。然而，兜一定是一如往常地誇張附和，表現出認真聽話的模樣。像是「去山上露營嗎？好厲害！」或「河邊也很不錯」之類的。不論哪一種，都如同反射動作，自動回答，腦袋裡毫無記憶。

註：克巳在此講了一個諧音笑話，螫到的日文是刺さる（sasaru），考上則是突き刺さる（tsukisasaru）。

說到底，兜真的會參加那場露營嗎？他根本不知道。想到最後，兜吐出一句「希望是好天氣」。如果是露營，肯定是在戶外，這麼附和應該很適當，沒有任何問題。

「可是，要你看家，真是不好意思。」妻子說。

「不，沒問題。」哦，原來我要看家嗎？藉由這個反應，兜獲得新情報。然後，他的視線轉向廚房的平台。上面放著不少讀到一半的雜誌和書籍，其中一本是《山上四季．野草與花朵》。

露營地點是在山上，妻子才會閱讀這類書籍嗎？這麼一想，深夜聽到妻子提起露營活動時……不，這段記憶依舊十分朦朧，總之他有聽到妻子說要去山上的印象。儘管記憶並不清晰，兜仍不由得如此認定。

家庭對話和平展開，接著看看電視，安穩抵達就寢時間就好。不過，兜還是吐出一句「如果去山裡露營時發現奇怪的昆蟲，跟我說一聲」。難得的家庭溝通，他忍不住加上最後一筆。妻子和兒子都知道兜喜歡昆蟲，先不管他們覺得這個嗜好如何，至少不是奇怪的話。

「山裡？欸，山裡是什麼意思？」聽到妻子緊繃的回應，兜頓時感到胃被掐緊。以中國民間故事來形容，就是和那個畫蛇添足的男人同樣失敗，一陣後悔竄過他的全身。

「我們要去的是海邊的露營地，我講過好多次，你怎會以為我們去山上？」妻子追問，「我告訴你時，你不是說夏天就是要去海邊嗎？那是怎樣？只是敷衍我嗎？還是，當時我在跟別人交談？」

每次碰到這種狀況，兜的腦袋裡只有一個念頭。要怎麼回答，妻子才會息怒？要怎麼回答，才能平安收場？然而，如果回答「是敷衍沒錯」或「是別人沒錯」，妻子一定會暴怒。

「你總是不聽我說話。」妻子繼續道。

「不，沒那回事。」兜僅能曖昧不清地答覆，「我只是有點搞錯。」

只能以曖昧不清，卻堅決的態度回應。

「老爸大概是跟客戶的話混在一起，也有人會去山上露營啊。」克己助兜一臂之力，他把玉米梗放回盤子，有些嫌麻煩地開口。

「對，或許就是這樣。」兜冷靜附和兒子，簡直要痛哭流涕。這場面猶如船頭損壞，船內進水，心想小命休矣，打算放棄人生的瞬間，兒子搭著直升機前來，放下救命繩梯。克巳的背後發出光芒，玉米反射著那道光芒，閃閃發亮。兜忍耐著想擁抱兒子大聲道謝的衝動，認為至少得表達謝意，便在只有克巳看得到的角度伸出大拇指比了個「幹得好」的手勢。不過，克巳毫無興趣地瞥一眼，帶著掃興的表情轉移視線。

聽到克巳的話，妻子的憤怒程度降低，喃喃說著，「算了，反正怎麼講，都是你工作很忙的關係。」

「那麼，露營活動呢？」兜想起話題的開端。

「啊，大大後天一早就要出發，得把行李放到車上，對吧？」

「還有露營用具？」

「對，然後我打開後車廂……」

「又關上……」妻子像是發生失誤、綁手綁腳的運動員，看得兜想為她發出毫無意義的加油聲。

「對，然後那個蜂巢，恰恰在停車場後面的丹桂樹上。」

「我懂了。」兜漸漸理解妻子吞吞吐吐地要說什麼。「擔心後車廂開開關關，蜜蜂會生氣地襲擊妳嗎？」

「我是還好，萬一克巳被螫到……」

「這倒是。」兜沒多想，單純贊同妻子的意見，但妻子的眼神瞬間變得銳利，於是他慌忙補一句，「不，妳被螫到也是很麻煩的。」這簡直是某種陷阱題。「所以我接到電話時，才要妳躲在家裡啊。」

「我希望在出發前能解決。」

「明天去噴一下殺蟲劑吧。」兜一說，妻子馬上反駁，「剛剛不是才叫你不要自己弄嗎？」兜覺得妻子又要發脾氣，不禁渾身發抖，幸好沒有。

「不過很危險，我想委託專門業者處理比較妥當。區公所應該有負責這方面事務的人，我打算去詢問他們。」

兜望向牆上的月曆，社會上已進入八月的盂蘭盆節假期。區公所肯定已放假，就算聯絡業者也不見得能找到人。至少到大大後天早上很難取得聯絡。

「我來處理吧。」克巳又這麼說，兜伸手制止。「我去瞧瞧。」兜起身道，「至少要先收集目標的情報。」

「什麼目標，老爸的口氣好像殺手盯上下手的對象。」

兜緊盯著兒子半晌，看來應該只是開玩笑。

「戶外那麼暗，出去什麼也看不見，白天再去吧。」妻子提議，兜隨即附和，「的確，妳的意見太中肯了，我很佩服。」他誇張到自己都擔心太過火，但妻子似乎不覺得奇怪，反倒一臉滿意地走進廚房。

到了深夜，兜坐在自己房間的書桌前打開電腦。妻子在寢室躺著，漸漸進入夢鄉，兒子也回去房間，大概是要念書吧。加油！兜暗暗替兒子打氣。

兜打開網路瀏覽器，檢索關於驅趕蜜蜂的資訊。

長腳蜂、驅趕、驅逐、方法，將曖昧的字眼組合在一起，出現龐大的檢索結果，眼前彷彿是一片茫茫大海。兜看著首先映入眼簾的頁面，大多是業者的介紹文。其中一篇特意強調「若發現虎頭蜂，請務必聯絡專業人士」，他不由得坐直身子。

那篇文章寫著，長腳蜂也很危險，但如果是虎頭蜂，絕對會危及生命。請千萬不要自行驅趕。

上頭也刊登蜂巢的照片。

一張是上頭開著許多洞的蜂巢。持槍的人嚴峻地宣告「我要把你打成蜂巢」。當然，兜沒碰過這麼說話的同行，不過這句話大概就是想像著這樣的蜂巢說的吧。那是一個有點像蓮蓬頭，洞很多的蜂巢。另一張照片上的蜂巢，則是猶如大西瓜的球形，也像是優美的陶藝品，上頭似乎只有一個洞。那個球形的蜂巢是虎頭蜂的窩，圖片上寫著「如果發現這樣的蜂巢，絕對要委託專業人士。」兜雖然懷疑這或許是業者的宣傳字眼，不過許多其他網站也記載了類似的說法。

虎頭蜂原來這麼難纏嗎？兜感到害怕。另一方面，幸好家裡出現的是長腳蜂，他鬆了口氣。

兜

「敵人的確就是虎頭蜂。」醫生一如往常，以毫無起伏、彷彿只是醫療器材的口吻說道。

「不，根據我妻子看到的，我家院子裡的應該是長腳蜂。」兜一邊回應，想起早上出門前忘記去院子確認，得趕快想出對策。

「我不是指昆蟲的虎頭蜂。」醫生依舊面無表情，扶一下眼鏡。

這是位在東京都內商業區大樓裡的內科診所。醫生手中的病歷表上，記載著委託人的委託事項。不過，由於字跡潦草，就算偷看，兜也看不懂內容。

往昔一名業界人士給出這樣的評價，「以身為仲介者的角度來看，你那位醫生的手腕確實高明。」那個叫岩西的男人，總散發一股厭世感，實際上非常神經質。當他分派工作給擅長使用匕首的年輕人時，嘴上會喜孜孜地掛著一句「我就像是馴服鸕鷀的漁夫」。然後，他得意洋洋地分析，「告訴你，醫生這一行，基本上就是在密室裡和患者說話，恰恰方便用來談工作。即使是殺人的買賣，只需以黑話溝通，護理師聽到也不會不自然，是吧？仲介最麻煩的工作，便是保管情報。雖然可存入電腦，但萬一被發現就萬事休矣。關於這一點，病歷表是個人資料，只需把情報混入一般患者的病歷表，再翻譯成專業術語，幾乎沒有任何危險。而且，還可用X光片夾帶目標所在的地圖給你看。」

自踏入業界，做起取人性命的買賣以來，一直是醫生替兜仲介工作，所以他從未仔細思考。這麼一提，他才理解以醫生的身分開診所，確實有許多方便之處。

「到底是哪裡的什麼人，想對我動手術？」遭同業的虎頭蜂盯上，表示有人想殺害兜，才會委託虎頭蜂。

「一到夏天，虎頭蜂就十分活躍。」醫生佯裝在聊天，「尤其每逢盂蘭盆節假期，虎頭蜂會擴大勢力範圍。」

「雇主會是誰？」

「檢查結果還要幾天才會出來。」醫生應道。他大概是精心挑選了這個說法，不過怎麼看，都像是用內建的翻譯軟體搜尋出的詞彙。

「比方，要對我動過的手術道謝之類的？」兜不清楚曾為工作殺多少人。若翻閱醫生手邊的病歷表，或許能夠得出正確的數字，不過，絕對超過雙手雙腳加起來的數字。這些人身旁的親友，會對他懷抱恨意也不奇怪。「之前有一次……」

有個女人委託兜殺害情人。對方察覺自身的危機，委託另一名業者保護他。為了先發制人，那名業者搶先動手攻擊兜。

「當時已順利切除。」

「那不是醫生想像中的簡單手術。」兜回憶著和那名殺手打鬥的經過，靈光一閃，「該不會是那件事吧？」

兜曾阻止某個集團的計畫。那個集團企圖引發爆炸和挾持人質，兜殺害其中幾名主要成員。

「搞不好有人為了那件事很不高興。」

「不無可能。」

「是他們的同伴打算報復我嗎？」話一出口，這個想法就深深刻在兜的腦袋裡，變成既成事實。「這樣很奇怪啊，要恨應該去恨原來的患者，不是恨我吧？況且，這件事跟醫生也有關係。」

兜想說的是，負責仲介的醫生也會被盯上。

醫生表情不變地回答，「這也有可能。」

完全看不透他的思緒，兜不禁想嘆氣。雙方往來超過二十年，醫生的外表絲毫沒變化，彼此的精神距離也沒變得比較近。

「家裡有長腳蜂，又遭同業的虎頭蜂盯上，真是倒楣。」這能不能說是兩頭落空？

「你要怎麼處理院子裡的蜜蜂？聯絡過區公所了嗎？」醫生難得主動提起私人話題。

「根據區公所網站上的說明，如果寫信詢問，會回覆業者名單給寄件者。但現在正值盂蘭盆節假期，還沒收到聯絡。各縣市作法不同，有的地方會直接派業者過去。」

「那你打算怎麼做？」

「有人叫我『絕對不要自行處理』，又同時吩咐『到某天之前趕緊想想辦法』，真是令人不知所措。」兜不希望醫生得知太多家裡的事，含糊帶過。

「『不要用自己的力量驅趕，但要趕緊想辦法處理』，確實是很棘手的問題，跟《威尼斯商人》一樣。」

「是嗎？」兜的人生裡，除了漫畫之外，讀書經驗幾乎一片空白。不過，他偶爾會翻翻妻子或克巳的書，最近稍微能夠享受閱讀的樂趣。他應該看過《威尼斯商人》，但不記得內容。

「這個故事講的是，壞心眼的商人夏洛克要求主角『切下肉，但不能出血』，最後輸了。你不覺得和『不要驅趕蜜蜂，但在後天之前要保證安全』的指示很像嗎？」

兜的記憶稍稍復甦。不過，他有印象的部分是快結尾時，妻子質問丈夫為何把她們送的戒指給別人的場面。兜簡直感同身受，看著老實辯解，卻被逼到向妻子謝罪的丈夫，他的胃都痛了起來。再加上，那是妻子的策略，所以兜腦袋裡只剩下「這個妻子太恐怖了」的印象。

兜

傍晚返家，兜先去查看院子裡的丹桂樹。翠綠的樹葉非常茂盛，花苞也冒了出來。雖然距離散發香味的時間尚早，兜仍湊近花苞，卻聽到細微的振翅聲，嚇一大跳。

一隻黃黑交織的蜜蜂飛過兜的身邊，消失在茂密的樹葉中，是要回去窩裡嗎？兜經歷過多次互相追殺的場面。

他曾徒手對抗許多拿著大口徑槍械或刀刃的敵手。或許是身體已習慣，根本不會因恐懼或緊張而心跳加速。

如今卻為蜜蜂的一舉一動緊張萬分，兜不禁苦笑。

他甚至想告訴蜜蜂，我很久沒害怕到全身僵硬，你是頭一個。

會讓我感到緊張的只有你，和我的妻子。

兜切換意識，想像對手是同行，而不是蜜蜂。於是，如同他的期待，情緒冷靜下來。他整理呼吸，迅速邁開腳步，湊近茂密的樹葉。

和人類對決時，不讓敵手察覺氣息，至關重要。所謂的氣息，不光是聲音、動靜，連空氣的震動都會引起對方注意。兜想像著自己是蜜蜂，別說是樹枝搖動，連葉子的震動都會有所反應吧。

話雖如此，也不能碰觸葉子。兜盡量維持最小幅度的動作，撥開幾根樹枝，確認樹幹的位置。在與粗大樹枝的交界處，有一個土色固體，像皮膚上的巨大腫瘤膨脹著。跟丹桂樹的果實相比，顯得非常巨大。

兜看見蜂巢。

他想起前幾天在網路上瀏覽的圖片。

長腳蜂的蜂巢像蓮蓬頭，黃蜂的蜂巢則呈圓形。

眼前的蜂巢，遭樹枝擋住看不清全貌，但顯然是圓形，如同宇宙中的行星。

是虎頭蜂。

兜的臉皺成一團，渾身一顫。蜂巢裡飛出一隻虎頭蜂。兜的腦海掠過戴著凶惡面具的強盜，黃黑配色刺激著兜的內心深處。危險！意識深處響起警報。

糟糕，有兩件事很麻煩。

一件是要驅趕的對象是虎頭蜂，另一件是他向妻子保證不是虎頭蜂的窩。難保妻子哪天不會翻舊帳，指責「那不是長腳蜂，是虎頭蜂」。

世上有幾個真理。兜沒受過正規的學校教育，正因如此，這是他透過實際經驗理解到的常識和事實。

不管是誰，被別人指出錯誤都不會高興。

然後，沒有妻子會為丈夫指出她的錯誤高興。

心情沉重。

一踏進家門，兜立刻啟動電腦，區公所還沒回信，但責備對方也是搞錯對象。盂蘭盆節休假本來就是傳統，事前已公告周知。他打了幾通電話給除蟲業者，不過都沒人接聽，想必也是盂蘭盆節的緣故。

這不是什麼壞事，問題在於虎頭蜂沒有盂蘭盆節假期。

搜尋相關資訊時，兜發現虎頭蜂有不同的種類。體型最大、最恐怖的是大虎頭蜂。不過，繼續讀下去，他發現大虎頭蜂會將蜂巢建在地底。會在市區或住宅區的樹木上築巢的擬大虎頭蜂或黃色胡蜂，攻擊性都不高，不論哪一種，都是除非受到攻擊，否則不會無故螫人。

要是敵人接近蜂巢，會飛出一支偵察部隊進行威嚇。要是當場離開，就不會遭到更嚴重的攻擊。換句話說，最麻煩的是反射性揮開那群偵察部隊，傷害牠們的時候。遭到傷害的虎頭蜂會散發費洛蒙，通知夥伴「這傢伙很危險」，察覺到這一點，蜂群會傾巢而出，襲擊敵人。

若是放著不管，就不會被螫。這段記述實在挺激勵人心。然而，如同妻子的擔憂，將行李拿進拿出，尤其是那種很大件的露營器材，難保不會傷害到虎頭蜂的偵察兵。這種時候，如果有可以解釋「我沒惡意，是意外」的費洛蒙就好了，不過應該是沒有吧。

傍晚五點過後，妻子回到家。她們公司也在放盂蘭盆節假，大概是和朋友去逛街吧。近來妻子開始上料理課，對方或許是那裡認識的朋友。雖然是使用高級食材，教授高級料理的教室，妻子始終沒打算在家裡大顯一番身手，也就是說，妻子她們只是為了在教室裡用餐才去那裡。兜問過一次妻子，能不能在家裡也做幾道菜？當然，他不是這麼說，而是以「如果我也能吃那些菜，一定會開心得飛上天，不過應該是不行吧」。客氣的口吻，而且語氣平靜到讓對方以為是幻聽。即使如此，妻子仍狠狠瞪兜一眼，所以兜再也沒提過料理教室的事。兜的腦袋裡有一個「禁忌之箱」，專門存放不可在妻子面前提起的話題。他也將「料理教室」收了進去。

回到家的妻子，心情似乎不錯。「我回來了。哎呀，你回來啦」她輕快地說，接著問，「我還沒做晚飯，現在要來做了。」聽她這麼說，兜立刻回答，「之前不是有冷凍炒飯嗎？那個很好吃，我想再吃。」

妻子問兜想吃什麼，當然沒有正確答案，但兜仍從過往經驗中學到幾件事。絕對不能回答「什麼都可以」，沒有廚師聽到這句話會高興。「那麼叫外送吧」、「去外面吃」這種大方的回答也不壞。雖說不壞，但也不好。根據對方的心情，很可能會遭受責備。「哪有錢吃那麼好啊，你真的完全不知道家裡……」兜曾有多次經驗，可能得聽上一大串抱怨，連晚飯時間都錯過。

既然如此，選擇妻子不必耗費力氣，而且「正是想吃的東西」最好。對方也會覺得「你想吃，又不麻煩，就做這個吧」，接受兜的提議。

果然，一如兜的期待，妻子心情大好，表示「好，就這個吧」。

「對了，我去看過院子裡的蜂巢，似乎不是長腳蜂，而是虎頭蜂。」兜佯裝不經意，吐露這個情報。

「咦？」妻子停下動作，「是嗎？」

「從蜂巢的形狀看來，是虎頭蜂。」

「那我弄錯了。」妻子說。

「不，兩種蜂巢的形狀很像。」兜努力自然地辯解，說完才發現這不是需要小心翼翼的話題，感到有些難為情。

「那麼，不拜託專業人士真的不行了。」妻子的話聲轉為尖銳，「你沒擅自動手吧。」

「當然。」兜不禁思考著，妻子這句話該不會有著「你趕快去處理掉啊」的弦外之音吧？他過度解讀妻子每句話的習慣已到末期。

晚上克巳回到家。兜以為克巳會一如往常，慢吞吞上二樓的房間再下來，或去洗澡，卻發現克巳倒在電視前的沙發上。兜本來想警告他，這麼毫無防備，殺手襲擊你時，根本無法應對。冷靜想想，兒子和業界根本毫無關係。

「今天也去補習班嗎？」雖然兜知道，還是這麼問。明明曉得兒子一定會臭著臉回答，卻想和兒子進行交流，這是基因或本能的驅動嗎？

「補習班的自習教室。」克巳粗魯地回答。若是平常，這麼短短一句話就結束了。不過，克巳難得繼續往下說，「對了，今天等公車時，我碰到一件很煩的事。」

「怎麼？」

「有一對母子，年輕的媽媽和就讀幼稚園的男孩。」

這不是十分和平嗎？原本想這麼說，但也不見得母親和孩子站在一起就是和平。世上許多不幸，發生在家族或鄰居之間。

「昨天晚上，他們家養的貓似乎死掉了。」

「真可憐。」兜敷衍地回應。他平常的工作就是送人去死，不知怎麼面對貓的死亡。

「那隻貓大概是媽媽很久以前就開始養的，所以媽媽受到的打擊比孩子大，哭哭啼啼的。」克巳噘起嘴，「孩子十分乖巧，看媽媽這麼難過，一直拚命勸媽媽振作起來。」

「好堅強。」

「我也這麼覺得。然後，那孩子說『媽媽，米傑只是變成星星而已』。」

「真是好孩子。」

「沒想到，媽媽露出嚴厲的表情回一句，『那你去星星上面把米傑帶回來啊！』實在太過分，搞得那孩子也難過起來。」

「大概是貓死掉，腦袋有點糊塗，變得很情緒化，不自覺地拿孩子出氣。」我可是一天到晚被妻子拿來出氣啊，兜忍不住想這麼說。

「怎麼能拿孩子出氣？那個媽媽立刻露出『糟糕』的神色。」

「當父母的，一天到晚都在覺得『糟糕』。」

「那孩子好可憐。」

「或許吧。不過，那孩子可能知道媽媽不是認真的，學習到父母不總是完美，也會受情緒影響而改變態度。」

這是兜的親身經驗。父母待兜非常惡劣，總是任憑情緒牽著走，滿嘴任性的胡言亂語，於是他擅長觀察大人的臉色。啊，原來如此，兜察覺自己對妻子過度反應的原由。

「克巳，院子裡的似乎是虎頭蜂。」妻子走到餐桌旁，叮囑兒子，「你要小心一點。」

「虎頭蜂就真的很嚇人了。」克巳望著面向院子的窗戶，「老爸，你打電話給業者了嗎？」

「他們在休盂蘭盆節假期。」

「老爸，你絕對不能親自動手趕走牠們。我們班上有人的爺爺被螫到，下場超慘的。」

超慘的，到底是怎麼個慘法？兜不禁懷疑起情報的傳播途徑。業界的傳言總會愈傳愈誇張，即使沒有惡意，內容也都亂七八糟。比方，死了五個人的案件變成死了十個人，甚至可能變成五十個人。被虎頭蜂螫到後，去醫院治療，根本沒死掉，也可形容為「超慘的」。

「從網路上的資料看來，會在街上棲息的是黃色胡蜂，毒性沒那麼強。」

「還是很恐怖。」

「攻擊性也不高，如果不是太過分的挑釁，不會主動攻擊。」

「老爸，你啊……」克巳注視著兜。每當從人生經驗的角度來看，絕對是後輩無誤的兒子，以對等的態度和兜交談時，兜都會感到困惑，但不至於不愉快。

「怎樣？」

「打算拿殺蟲劑朝蜂巢噴，站在對方的立場，就是很過分的舉動。」

「也對。」兜回答的瞬間，憶起遭無數虎頭蜂螫身的恐懼，一陣雞皮疙瘩。「還是交給專業人士吧。」

兜

兜的想法產生變化，是看了網路影片的緣故。

雖然決定不自行動手驅趕，不過兜直到深夜，都在電腦前以「虎頭蜂」、「驅趕」為關鍵字檢索。

於是，他找到一個影片網站，第一眼就注意到虎頭蜂和螳螂的對決影像。和電影、動畫不同，大自然裡真實的兩種昆蟲，直到一方失去性命才結束的戰鬥，非常詭異。即使平常的工作也是和其他人戰鬥，直至一方失去性命為止，在兜眼中依舊恐怖。感到恐懼的同時，他也覺得有趣。最有趣的一幕，是螳螂和虎頭蜂呈現勢均力敵的樣子。網站上有螳螂勝利的影片，也有虎頭蜂獲勝的影片，根據對戰的狀況，往往只是因著些微的破綻，或出乎意料的展開而分出勝負。

換句話說，虎頭蜂和螳螂堪稱永遠的敵手，擁有互相抗衡的力量。

兜對這樣的關係懷有好感。再沒有比一個種族可遊刃有餘地消滅另一個種族的狀況更令人不快。待在毫無風險的地方玩弄他人的行徑實在狡猾，如同趁著平凡的老人睡著時殺害他一樣，從兜的角度來評斷，根本是簡單到可恥的工作。看到做著這種簡單到可恥的工作，還得意洋洋的傢伙，兜就十分不快。工作本來就不簡單。每天通勤去文具廠商擔任業務員，兜深刻體會到這一點。身為業務部門的一員，鎮日在外奔波，經常因公司無理的要求和其他部門主管起衝突。精神上非常疲倦，煩惱多不勝數。世上恐怕沒有輕鬆的工作。

看著虎頭蜂和螳螂的死鬥，兜不禁覺得「雙方背負著同等的風險，認真決勝負的模樣也不錯」。最重要的果然是公平。

之後，發現標題為「自行驅除虎頭蜂」的影片。

兜按下播放鍵。

畫面出現穿防護衣的男人。根據網頁上的自我介紹，他似乎是五十歲的上班族，決定自行驅除出現在家中庭院的虎頭蜂。

向地方政府機關借來的防護衣，看起來像很大件的銀色雨衣，甚至散發出一股可直接穿去搭火箭的威嚴。

男人佇立在自家庭院裡，此處位在停車場後方。拍攝時間是早晨，晴天的豔陽下，畫面非常明亮。

穿防護衣的男人站在茂盛的杜鵑花叢前。攝影機可能是以腳架固定，從旁捕捉男人和杜鵑花叢的構圖。

男人低下頭，像是在準備出發，顯得有點緊張。他的右手抓著市售的虎頭蜂殺蟲劑。

那麼，他準備怎麼戰鬥？

男人先將殺蟲劑放在腳邊，拿著修剪樹木的大剪刀。那是握把很長，用來修整高處樹枝的剪刀。他雙手抓住剪刀，微微彎腰，朝杜鵑花叢伸出。剪刀一動，樹枝乾淨俐落地掉下。然後，杜鵑花叢的深處，飛起看似蜜蜂的小蟲。

「該不會被螫到吧？」兜暗暗想著，彷彿就在現場，扭動起身體。然而，畫面中的男人不慌不忙，左手拿剪刀，空出的右手抓起地上的殺蟲劑，朝著飛來眼前的虎頭蜂一噴，看得見虎頭蜂往下墜落。

接著，男人持續著相同的動作。

剪下樹枝，虎頭蜂飛出來。拿起殺蟲劑按下，虎頭蜂墜落。

兜漸漸理解男人的作戰方式。

他先讓隱藏在樹枝深處的蜂巢暴露出來。跟長腳蜂的蜂巢不同，虎頭蜂的蜂巢像是以外牆包覆的要塞，僅有一個洞是和外界連結的出入口。要將殺蟲劑噴進去，必須瞄準唯一的洞口。

因此，得先剪掉擋路的樹枝，而每當樹枝掉落引起震動，偵察蜂便會飛出蜂巢。可是，這些偵察蜂並非一直線飛向使用殺蟲劑的男人。牠們也想避免無謂的戰鬥，盤旋在空中只是為了收集情報。

於是，男人趁機噴灑殺蟲劑。

他非常有耐心，一點一點剪掉樹枝，蜂巢的輪廓愈來愈清晰。

等樹枝掉到一定程度，穿防護衣的男人下定決心的時刻到來。放下剪刀，抓緊殺蟲劑，或許是為了確認蜂巢洞口的位置，他移動身體。

接著，男人拚命瞄準曝光的洞口噴殺蟲劑，激烈的咻咻聲持續著。

兜想起扭斷同行脖子時的情景。

影片最後，男人剪下蜂巢。巢中的虎頭蜂應該已遭殺蟲劑消滅殆盡。男人面露懼色，仍舉起蜂巢，朝著攝影機，興奮地擺出勝利的手勢。

兜望著靜止畫面，在內心喃喃低語，「這樣的話……」

這樣的話，我也辦得到吧。

兜

兜醒來時剛過清晨四點，卻毫無睡意。不如說是緊張的緣故，他自然而然地醒來。依據網路上的資料，要解決虎頭蜂的巢穴，最好是在牠們開始活動前的時間帶，也就是清晨。雖然不曉得真假，此刻只能相信這個說法。

起床後，兜先是洗臉，梳理頭髮，然後打開房間裡的衣櫥，換起衣服。

由於沒有防護衣，得下一番工夫準備。

兜穿上運動褲，再穿上牛仔褲，雖然很緊也只能忍耐。接著，他拿起書桌上的原子筆，往大腿一戳。好痛，虎頭蜂的針比這個厲害嗎？兜毫無頭緒。因為很不安，他從衣櫥深處拉出白色雪褲套上。下半身只能這樣，沒其他辦法。

輪到上半身。首先，兜穿上運動服。為了遮住脖子，他從裝著冬衣的櫃子裡拉出高領毛衣披上，再加一件牛仔外套，最後還套上羽絨外套。

雖然直挺挺站著，但穿太多衣服，兜彷彿變成雪人，隨時可能失去平衡摔倒。腳上有兩層襪子。雖然很難彎身，他仍努力屈膝，伸長胳臂穿上襪子。雙手則戴滑雪手套。這樣應該就能出發前往庭院。

「還有……」兜環視房內，抓起放在角落的全罩式安全帽，打算用來保護頭部。他試著戴上安全帽，將透明面罩推上去。好悶，不過也沒辦法。與其擔心這一點，更麻煩的是換好衣服沒多久便覺得熱。這幾天，白天氣溫隨隨便便就超過攝氏三十度，電視新聞不斷呼籲民眾要留意中暑。儘管時間還早，應該沒關係，他仍不免會感到不安。

像是第一次接到委託，動手殺人的緊張感。

走出房間時，兜才發覺脖子相當危險。雖然戴著安全帽，但一轉頭，便會露出脖子。即使穿高領毛衣，虎頭蜂的尾針也很可能穿過去。

「脖子很危險。」兜自言自語。

或許是平常殺害目標時，經常扭斷對方的脖子。對於流經脖子的血管，兜擁有一定程度的知識。儘管不知蜂毒有多強，考慮到會經由血管流到全身，脖子的風險實在極高。

他想找圍巾，卻遍尋不著。半晌後，他才想起冬天拿圍巾勒死目標，圍巾已處理掉。

沒時間悠哉地煩惱，再拖拖拉拉，隨著時間過去，虎頭蜂群會醒來，開始活躍。就這樣吧，兜從書桌抽屜取出膠帶，貼在安全帽和羽絨外套的縫隙。他剪下好幾段，因為全身上下穿得極不尋常地厚重，無法俐落移動身體。不過，沒必要在意貼起來的模樣，他便粗魯地亂貼一通。

兜來到走廊。

兒子的房門開著，下樓前他過去看了一下。往裡頭一望，克巳在床上熟睡。模擬考題在書桌上攤開，或許是一直用功到深夜。

兜忘記自己像是穿著詭異的太空衣，踏入克巳的房間。他已不記得上次是什麼時候進來的。

兜低下頭，注視克巳雙唇微張、雙眼緊閉的睡臉。霎時，他不禁將眼前的臉和幼兒時期的克巳重疊。不知不覺間，克巳長這麼大了，兜沉浸在感傷中。根據妻子的說法，克巳考上大學後可能搬出去獨立生活，若是如此，兒子在家裡的每一刻都非常重要。

兜想著接下來要去虎頭蜂的殖民地對決，一陣緊張。

他站在發出鼾聲的兒子旁邊，輕輕將安全帽遮住的臉孔湊近，開口，「你要成為一個好的大人啊。」

依網路上的資訊，虎頭蜂的毒性沒有一般說的那麼高，就算被螫到，也要第二次才會出現過敏休克反應，或許沒必要害怕成那樣。話雖如此，兜仍認真交代兒子，「媽媽就拜託你了。」

這是與恐懼的戰鬥，與時間的戰鬥。兜佇立在院子裡的丹桂樹前，什麼也沒做地過了二十分鐘。直到剛才都只是在暗夜中稍微探出臉的太陽，現在升到很高的地方。像是為了強調兜的滑稽打扮，將聚光燈打在他的身上。

要是被人看見這身打扮就完了，兜不禁想著。羽絨外套是白色，看起來就是一身白的奇怪男人。

他直挺挺站著，持修剪樹枝的剪刀與丹桂樹對峙。他放棄戴上滑雪用手套，因為無法順利抓住殺蟲劑。一旦殺蟲劑掉落，便萬事休矣，所以他改戴工作用手套。

剪下第一根樹枝，就沒有任何退路，跟一直以來的工作一樣。朝著目標踏出第一步，後退的選項便消失。接下來，只剩殺害對手後，轉身離開的一條路。

思考著這些事，時間仍不停流逝。兜渾身冒汗，在安全帽內漸漸有些呼吸困難。他不斷將面罩推上去，呼吸外頭的空氣。

過一陣子，兜終於有所覺悟。再拖下去，隔壁平房的窯田太太可能會出來。她今年剛滿七十七歲，每天早上五點起床，到院子裡眺望樹木。兜打算在窯田太太注意到他之前，完成這件事，脫下這一身衣服。

兜踏出第一步，伸出剪刀。他知道自己戰戰兢兢地彎著腰，但怎樣都無法挺直背脊。

剪下樹枝。

但兜太害怕，只剪下樹枝前端。儘管掉到地上，樹木的狀況毫無變化。

虎頭蜂也沒出現。

接下來，他伸長胳臂，轉向後方將剪刀推進樹枝深處。感覺到剪斷樹枝的同時，樹枝也往下掉。

轉身查看狀況之前，兜左手拿著剪刀，抓起腳邊的殺蟲劑。由於穿太多層衣服，胳臂很難動。他立刻伸出顫抖的手，噴嘴向前，按下噴灑鈕。

聲音和殺蟲劑一起噴了出去。

一隻虎頭蜂掉在地上。

沒有退路了。兜盡量保持腦中一片空白，拚命持續作業。

剪下樹枝，拿起殺蟲劑，噴灑。

移動剪刀，確認虎頭蜂的狀態。拿起殺蟲劑，按下最上面的按鈕。放下殺蟲劑，剪下樹枝。

每當樹木引起震動時，蜂群便會飛出巢穴。兜立刻以殺蟲劑攻擊，墜地的虎頭蜂逐漸增加。

習慣後，恐懼感漸漸降低。

不過，有時像是發現兜的破綻，一些虎頭蜂避開殺蟲劑消失在上空。兜不知逃逸的虎頭蜂會移向何方、怎麼盤旋、從哪裡接近他。原本視野就十分狹窄，加上面罩，根本看不清眼前的狀況。

忽然一陣怪風，以為是虎頭蜂襲來，兜陷入恐慌，但那不過是錯覺。然而，他卻慌張扭身，閃避虎頭蜂，亂噴殺蟲劑，然後又聽到別的聲音，整個人往後仰。

實在太遜了。

完全找不到那隻虎頭蜂，兜怕得撤退到房子的牆邊，背貼在牆上，推開安全帽的面罩，喘個不停。

簡直像獨自飾演逃犯的默劇。

呼吸困難和暑熱愈來愈嚴重，再加上恐懼和緊張，兜疲憊不堪。一個不注意，幾乎要失去意識。

「這樣下去……」他喃喃自語，「別說蜂毒，我根本會熱死。」

一發現那隻逃走的虎頭蜂，殺蟲劑噴射而出。確認牠掉到地上，隨著終於打倒對方的安心感浮現，罪惡感也襲擊了兜。

虎頭蜂沒有做任何壞事，完全沒有。

牠們只是跟隨大自然的規律築巢，經營居住地而已。網路上的資訊也寫著虎頭蜂的攻擊性並不高。

「可是我……」兜只想說，「必須保護我的家人。」

剪下樹枝，噴殺蟲劑。

虎頭蜂前仆後繼地出現。整個蜂巢應該都知道兜的存在。

總之，只能放空自己，撐過這場死鬥。兜下定決心，機械式地動著身體。呼吸愈來愈困難，汗水逐漸冒出，兜告訴自己，接下來就是看哪邊比較能忍耐。但虎頭蜂那邊真的需要忍耐嗎？兜已失去冷靜思考的能力。

距離剪掉第一根樹枝，約莫經過二十分鐘，兜忽然驚覺丹桂樹的外表變得很清爽，眼前出現像極巨大果實的蜂巢。

終於現身了嗎？

幸好蜂巢的洞口朝著他，要是在另一邊，萬事休矣。

趁著情緒高昂，兜將樹剪放在地上，迅速拿起殺蟲劑。

這是最後的攻擊。兜朝著一點一點飛出來的虎頭蜂噴殺蟲劑，一邊重新整理心情。攻擊！兜在心中發出開始的信號，將噴嘴插入洞口，接著一口氣壓下噴射按鈕。他用盡力氣，要將罐子裡的殺蟲劑全搾出，周圍一片白茫茫。

兜渾身充滿罪惡感。

腦海掠過虎頭蜂和螳螂戰鬥的影像。牠們也都拚了命，只是想保留棲息地，想讓伙伴存活而已。雖然運氣不好，選中這棵樹築巢，但兜一家人並未告訴牠們，不能在此築巢。牠們根本不曉得這裡不行啊。

對不起，兜向虎頭蜂謝罪。至今殺了這麼多人，兜不曾產生這種反應。發覺自己雙眼含淚，兜非常震驚。想拭去淚水，卻被面罩擋住。

殺蟲劑已空，兜仍緊按噴射鈕。他完全投入眼前的狀況，半晌後，終於恢復意識，驚訝地推開安全帽的面罩。他後退一、兩步，樹的周圍不見一隻虎頭蜂的蹤跡。

我贏了嗎？兜在原地發愣，放鬆了肩膀的力氣。

兜

腳邊堆積著大量的虎頭蜂屍體。兜重整呼吸，低頭一看，因殺蟲劑墜落的虎頭蜂屍體散落一地，黃黑色紋路上沾滿藥劑和泥土。對不起，兜不禁再次想著，腦海浮現一句「奮勇殺敵的武士，如今也不過是夢想的痕跡」（註）。

他再度雙手拿著剪刀，緩緩邁步向前。

剪刀靠近蜂巢的最頂端，地面一片泥濘。

兜使力一剪，伴隨著土石流般的聲響，蜂巢掉下來，撞上地面裂開。或許是沾滿殺蟲劑，變得十分柔軟，整個蜂巢像水果般破裂。裡頭出現白色物體，仔細一看，發現是幼蟲，一陣寒意竄過兜的全身。奪走年輕生命的罪惡感又襲向他。

沒有其他方法了嗎？

對，只有這個方法。

兜蹲下挖開地面，將土覆蓋到蜂巢上。至少要埋葬這些幼蟲才行。

做完簡便的墳墓後，兜大大嘆一口氣，伸一個懶腰。穿著多層衣服，難以行動，渾身疼痛不已。他想快點回到家裡，於是轉身步向玄關。他一邊走著，一邊脫下安全帽，但脖子上的膠帶怎麼也撕不下來。

儘管不清楚時間，但隔壁的窪田太太還沒出門，應該不到五點吧。

這時，兜瞄到一道人影。有個男人躲在玄關前方，靠近大門的門柱。

對方頗為可疑，顯然不是早上外出散步。一看到兜立即有所反應，絕對是同業。

兜的動作比自己意識到的還快。他衝過院子，氣勢洶洶地離開家門。眼前站著一個高高瘦瘦的男人。是來不及逃走，還是被發現後，放棄逃走？不然，就是知道他會發現？兜不知箇中緣由。

男人盯著兜，一身黑色長袖T恤搭喇叭牛仔褲。瞧不出年齡，但乍看之下，是足以當模特兒的帥哥。他的雙手插在牛仔褲後袋，沒有比這更不設防的動作了。不過，兜仍認為是同行。對方全身都處於戒備狀態，插在後袋的雙手恐怕抓著武器，隨時都能發動攻擊。

註：夏草や兵どもが夢のあと，松尾芭蕉在奥之細道的終點吟詠的俳句。

「你是來殺我的嗎？」兜問男人。他想起從負責仲介的醫生那裡獲得的情報。醫生告訴他，同業的虎頭蜂盯上他。

「你以為這個時間，大家都在睡覺嗎？」

這個男人就是虎頭蜂？一旦開始這麼想，兜便會認為事實如此。他就是這樣的性格。

兜曾在超高大樓進行危險的工作，一個和眼前的男人很像的男人困在電梯裡。後來，兜得知虎頭蜂出現在那棟大樓裡的傳聞。原來如此，這男人就是虎頭蜂，兜只能這麼想。

男人默默盯著兜。

不知對方何時會動手，兜全身進入防衛態勢。然而，剛剛驅趕虎頭蜂的疲勞緩緩湧現。如果是普通人就算了，跟同行真的打起來，恐怕沒什麼勝算。兜壓抑著逐漸加快的心跳，盤算著該怎麼辦。

至少要在對方出手前，保有能夠應對的注意力。然而，兜的身體非常沉重，眼前一片模糊。

男人始終沒動手，注視著兜的神情十分僵硬。

他怕我嗎？果真如此，身為同行，對方根本不夠格接下委託。在目標面前露出害怕的模樣，未免太遜。

這時，兜忽然想起，自己仍是剛剛去驅趕虎頭蜂時的裝扮。以膠帶固定的安全帽，全身上下穿著好幾層衣物，看起來像是全身膨脹的詭異怪人。

所以，這男人才如此警戒嗎？

若是眼前出現打扮成這樣的人，兜也會感到困惑，心生不安吧。

兜試著往前一步。

男人後退一步。

「你的武器是毒針吧？對我是沒用的。」兜推開安全帽的面罩，這麼說道。

男人打量著兜的全身上下。

「我早就知道你要來。」兜大大深呼吸，小心避免對方察覺他的激動。「所以，我做好準備，等待你大駕光臨。」

當然，這是信口開河。實際上，是為了和真正的虎頭蜂對決而進行的準備。

男人依舊無言地緊盯著兜。

跟剛剛在蜂巢前的表情一樣，兜暗暗想著。那是面對未知的生物湧現的恐懼。

「你不如趁現在滾回去。」帶著為對方補上最後一刀的心情，兜這麼說道。

男人後退，轉身離開。

目送對方離去，兜開始深呼吸。不過，安心也只有一瞬間，聽到隔壁平房的玄關大門打開的聲響，他一陣慌張。隔壁的窪田太太搞不好要出來了。他焦急地隱藏身影，穿過大門，走向玄關。

然後，兜滑倒了。他踩到鬆開的鞋帶，往前撲倒。由於失去平衡，整個人滑進院子裡。他無法站穩，只能暫時維持前傾的姿勢前進。最終他仍搖搖晃晃，當場往後一倒。

全身力氣倏然消失。

疲累和暑熱累加，兜根本無法動彈。他如「大」字般仰躺，望著極為明亮的清晨天空，短暫休息，甚至感到睡意襲來。全身大汗很不舒服，但他心想，休息一下也不為過吧。

✦

女人鎖上公寓大門，牽著兒子的手，穿過五樓的走廊。今天要回娘家，她一早就帶著兒子出發。不過，看到太陽高掛天際，便知道東京今天也十分炎熱。

「外婆家會很涼嗎？」五歲的兒子看著外面的景色問。若是平常，這時他還在睡覺，但太期待見到外婆，很早就醒來。

「青森比這裡涼快。」她對兒子這麼說，然後開始為兒子解答如何搭車回娘家。

等待電梯從一樓上來，她低頭凝望牽著手的兒子。儘管年幼，個頭不高，但看著他端正的站姿，莫名感覺他很值得依靠。想起昨天脫口而出的無心話語，她的胸口隱隱作痛。

接著，她不經意望向公寓外頭，發現一件事。

從五樓往下望去，看得見附近的住宅上空。她發現一棟透天厝的院子裡有道人影。由於看不清楚，她頗為在意，於是從提包裡拿出數位相機。使用鏡頭拉近的功能，應該足夠清晰。只見相機畫面上，出現呈大字形躺下的人。

那個人倒在地上，彷彿在仰望天空。

以人偶來說，尺寸有點大，但又不像普通的人類，難不成是裝飾品？

「怎麼了？」兒子問道。此時，電梯抵達五樓，門打開了，不過她不在意。

「有個奇怪的人睡在那裡。」

「奇怪的人？」

她讓兒子拿著相機抱起他，小心避免兒子從設有扶手的牆上掉下去，接著告訴他剛才那棟透天厝的位置。

找了一陣，兒子高聲說，「啊，真的耶。」

「對吧。是人偶嗎？」

「稍微動了一下，而且穿得好像太空人。」

「是啊。」她也注意到了，於是放下兒子，再次檢視相機的螢幕。那個人戴著機車用的安全帽，確實有點像穿著太空衣。

她抱起想再看一次的兒子，思索片刻，吸一口氣才說，「搞不好那個人是要把變成星星的米傑帶回來。」

「說不定呢。」兒子笑著回應。雖然不知他有多認真，不過他彎起嘴角繼續道，「那個人是不是從宇宙掉下來的？」

「果然很危險，還是不要帶米傑回來比較好，就讓牠一直當星星吧。」

雖然不可能忘記前一天母親吐出的殘酷話語，兒子仍若無其事地微笑，她不由得感激孩子寬大的心胸。想到一起生活十年的貓死去，眼淚就止不住，但也不能忘記自己是個母親，昨天的態度實在太差勁。她想跟兒子說對不起，不過，或許是害羞，又或許是無謂的自尊影響，實在說不出口，於是改問兒子，「那個人有沒有碰到米傑？」

不過，終於說出「昨天真的很對不起」的她，當然不會知道，幾十分鐘後睡在院子裡的男人，遭起床的妻子責備「你那身打扮是怎麼回事？」以及遭到質問，「你該不會擅自去趕走虎頭蜂吧？」

Crayon

兜

抬頭望向牆壁，只見形形色色的石頭。在抱石運動中，稱為「岩點」的物體旁都貼著彩色膠帶。確認正面牆上貼藍色膠帶的岩點是什麼路線，接著確認腳的位置後，兜雙手放在起始的岩點上。

所謂的抱石，是手腳並用，抓住嵌在牆面、像是石頭的物體，往上攀爬的運動。這是兜僅有的認識，實際嘗試後，發現需要各種創意，非常深奧。

他雙手抓住宛如大貝殼的岩點，自然形成祈禱般的姿勢。為了不掉下去，緊抓岩點，短短一瞬間，兜的腦海確實浮現許多想祈禱的事。由於從事危險又大幅偏離道德規範的工作，不可能獲得原諒，連懺悔也辦不到，兜祈禱的是「自家的和平」，希望妻子和兒子能過著屬於他們的平穩人生。

兜伸出原本抓住岩點的左臂，身體靠近牆壁，往右上方的岩點移動。他的肱二頭肌隆起。隨著肌肉隆起帶來的重量滲著些微痛楚，給了兜確實活著的感受。他抬起腰，抓住右上的水藍色岩點，又在內心傾訴一個願望，希望盡早脫離現在的工作。替兜斡旋工作的醫生，遲遲不肯答應，總說他必須賺更多錢才行。

接著，兜伸手抓住正上方的岩點，抬起身體，換左手抓住，追加一個願望。希望妻子能察覺到我有多重要，希望妻子能對我更溫柔一些。

「哇，三宅先生，你爬得好快。」跳到鋪在牆壁下方的抱石墊後，兜坐在椅子上休息，旁邊一名西裝男子對他這麼說。每當執行危險的任務，周遭的人都以代號「兜」稱呼他，在家裡通常是「老爸」、「孩子的爸」，因此，在公司以外的地方，聽到別人叫他本名，兜覺得十分新鮮。

「松田先生，剛下班嗎？」

「對，我剛到。今天一定要解決那邊的紫色。」

抱石的牆上嵌著許多岩點。隨意抓一個岩點往上爬太簡單，所以，規則是只能使用特定的岩點，朝著目標攀爬。根據貼在各岩點旁的膠帶顏色，難易度有所不同。舉例來說，新手只能爬貼桃色膠帶的路線。

松田雙手沾著止滑粉，踏上抱石墊，走近牆壁。他的雙手放在貼紫色膠帶的起點，像倚靠著牆壁般開始攀登。

從東京都內的抱石場中選擇這一家，沒什麼特殊理由。之前兜的工作內容，是讓某藥店老闆過敏性休克致死。這家抱石場位在他調查目標時，前往的大樓對面。他瞥見抱石場的看板，寫著「這個秋天，討論度最高的冷門運動」，心想「討論度最高，卻還是冷門嗎？」這一點十分有趣，他不禁受到吸引。雖然不是離自家很近，但只要一班電車就能抵達最靠近的車站。

松田和兜同時期加入這家抱石場。松田似乎是廣告設計公司的業務員，一直對抱石運動有興趣，卻沒機會來，最近終於決定體驗一下。

顧慮到安全問題，每面牆壁一次只准一人攀爬，剩下的人要在後面等。雖然保齡球也要輪流投球，不過和保齡球不同的是，抱石並未計分，也不需要和他人競爭。純粹是攀爬，沒有任何訓練肌力、改造體型的自戀要素，是自我滿足的極致。

「只是爬上去，卻獲得這麼高的成就感，實在不可思議。」松田第一次向兜搭話時，是這麼說的。

那天抱石場人很多，等候的時間漫長，可能是恰巧離得近，年紀又相仿，對方才找兜說話。不用提，兜當然十分警戒，懷疑對方是知道他的工作的人，或是同行，於是只簡單回應。不過，在抱石場碰過幾次面後，兜發現松田是能夠輕鬆搭訕陌生人的個性，之後，他開始和松田聊一些表面的話題。

在兜眼中，這樣的關係非常新鮮。

兩人進一步拉近距離，是隨意聊著即將登陸的颱風時，松田發現手機有來電，向兜說聲「抱歉」，到入口去接聽的那一天。兜爬完後，沒看見松田的身影，不經意望向廁所，發現他仍拿著手機，不斷低頭道歉。兜猜測可能是工作出錯，不過，回到他身邊的松田帶著羞赧說的話，讓兜瞬間感到和他十分親近。

「哎，是我太太打來的。真是不好意思，雖然我是公司的業務冠軍，獲得不錯的評價，但在家裡一點地位也沒有。」

一回神，兜已向松田要求握手。

松田一愣，隨即明白兜的握手，包含著找到夥伴的意義。

「三宅先生也是嗎？」他應該是指「怕老婆」吧。

「是啊。」兜微微點頭。

「加班晚歸就會生氣之類的嗎？」

「我妻子通常已入睡，但會發脾氣，嫌我進家門後太吵。」聽兜這麼回答，松田安詳地皺起臉，一副又哭又笑的表情，應道，「跟我一樣。她連我回家後，肚子餓開冰箱的動靜都聽得到。」

「那麼，告訴你一項最適合這種情況的食物。」兜的語氣莫名雀躍，「不會發出噪音，又能保存很久。」

「我會吃魚肉香腸。」

什麼！兜大為震驚。若是有個數學家找到好幾世紀前留下的「難題」的證明方法後，見到得出相同答案的學者時，心情恐怕和此刻的兜一樣。兩人再次用力握手。

從此以後，兜很期待在抱石場和松田聊天。萬萬沒想到，他居然能交到這樣的朋友。

這時，松田已爬到紫色路線的最上方。他必須雙手抓住終點的岩點卻失敗，摔了下來。在墊子上屈膝著地後，他一臉懊惱地回到兜旁邊。

「真可惜。」兜向他搭話。

松田像要確認握力還剩多少，搓揉雙手笑著說，「哎，每次抓著岩點，我就會想起家人。」

「怎麼說？」

「附近鄰居經常稱讚我們家感情很好，當然我們也沒有感情不好。只是，難免會有種『我必須竭盡全力維持這個感情很好的家庭』的感覺。」

「原來如此。」

「我並不感到勉強，妻子和女兒對我來說都很重要。可是，有時我會覺得，既然握力不夠，別硬抓著，放手往下掉或許會比較輕鬆。」

「我懂。」兜還不至於這麼想，但他理解松田沒說出口的話。為何遭受如此不近情理的對待，還要努力維持這個家庭？兜有時也會有相同的疑問。

「感情是沒辦法相抵的。」松田又這麼說。

「什麼意思？」

「因為有好事，所以能夠打消不滿，不是這樣的。感情是不能夠加加減減來相抵的。」

當他們熱切聊著這些話題時，松田忽然問，「對了，三宅先生的兒子多大了？」

「高三，要考大學了。」對，要考大學了。兜忽然一陣緊張。克巳決定考哪一所學校了嗎？

「真是奇遇。」松田眨眨眼，「我女兒也是高三的考生。」

欸，真的啊。兜十分高興，又多聊一些後，發現令人驚訝的事實。兜的兒子和松田的女兒上同一所高中。兩人一開始震驚於這個偶然，隨後再次開心握手。

「那我和三宅先生就是爸爸友了。」

聽到松田這麼說，兜內心緩緩湧現一股感動。他作夢也沒想過能交到朋友。

兜

回到家後，克巳正在客廳吃泡麵。「你還在發育，去吃更有營養的東西！」兜並未這麼斥責。在這個年紀時，與其說兜三餐亂吃一通，不如說根本是過著糜爛至極的日子，他自認沒資格責備克巳。更重要的是，如果要求克巳別吃泡麵，妻子可能會以為兜在要求她認真煮飯。不只是妻子，凡是女性，不，應該說是人類吧，對於「弦外之音」

總是特別敏感。往往會推敲他人話語中，是否隱含別的想法、挖苦、批判、期望後，才決定是否接受。或許這是將言語當成最重要的溝通方法的人類，為了生存必備的能力之一。困擾的是，明明說出的話中沒有任何弦外之音，卻被解釋成挖苦、冷言冷語，實在讓人受不了。更別提，兜的妻子根本是找出弦外之音的天才。

克巳吸著麵條，翻閱英文單字手冊。兜想起光是為了活下去，不得不使盡全力的青春期。那段日子裡，他觸犯不少法律。

「怎麼這個時候在吃泡麵？」兜忽然很在意。時鐘顯示目前是下午三點，當午餐太晚，晚餐又太早。

「就當是午餐吧。」

「不要太勉強了。」

「好。不過，我大概會把能做的都試試吧。」

「如果不行，也沒辦法……嗎？」這是妻子一直掛在嘴邊的話。人只能做自己做得到的事，把能做的事都做了，如果不行也沒辦法。兜問過她，這不就是所謂的「盡人事聽天命」嗎？妻子毫不在意地回答，「我的說法簡單易懂，也不囂張，比較好吧。」

「媽媽在哪裡？」

「二樓。一開始整理東西，她就停不下來。」

兜嘆一口氣。不管是讀書或打掃，妻子一熱中，往往會忘記時間。對於如何整理整頓，她本來就格外講究，一旦動手打掃，便要做得徹底。這當然不是壞事，只是家裡的時間表往往會走樣。

這麼想著，兜聽到下樓的腳步聲，胃頓時一縮。

「哦，你回來啦。」

「剛回來。」

「一打掃起來就沒完沒了。收納的地方都滿了，我一直想整理。移來移去，真是大工程。可以把東西放到你的房間嗎？」

「當然。」說是兜的房間，其實是稍微改良過的儲藏室。儘管稱為「爸爸的房間」，但更接近普通的儲藏室。之前家裡翻修時，兜提出想擁有自己的房間，妻子便如此提議。

「打掃真是辛苦。」「對啊，超辛苦的。」「哎，辛苦妳了。」

慰勞對方是基本的第一步。前幾天在抱石場聊天時，松田也這麼說：

「我在十九年的婚姻生活裡學到的是，對於妻子的話，只有附和她『真是辛苦了』一個選擇。她一抱怨，當然要這麼回，就算是疑問句也不例外。『真是辛苦了』這句話最能夠療癒她。」

兜同意這個說法。比如，妻子問他哪件衣服比較好，要表現出十分同情的模樣，慰勞對方「真是辛苦了」。當然，可能會被責備不老實回答，但也不是老實回答，就能夠維持和平吧。

「對了，今天晚上吃炸豬排可以嗎？冷凍庫裡還有肉。」

「當然，我剛好想吃炸豬排。」這不是謊言，為了勘查工作地點，他東奔西跑，肚子確實餓了。

「不過要等一下，打掃還沒結束。之後，我會去買麵包粉，大概會晚一點。」

「我去買麵包粉吧。」

「欸，方便嗎？」

「妳也很辛苦嘛。」

妻子一返回二樓，克巳便投來冷淡的眼神，「老爸，虧你總是能對老媽那樣低聲下氣。」

「低聲下氣？我只是慰勞她一下。」

「可是你也一樣要工作，而且剛剛你說要去買麵包粉，老媽也完全沒有不好意思的樣子。」

「沒這回事。」

「我上大學搬出去後，老爸不知會變成怎樣，實在令人擔心。」

「什麼意思？」

「家裡只剩你和老媽，沒問題嗎？」

原來克巳這麼替他擔心嗎？兜感激到想擁抱兒子，不過當然沒採取行動。
「最近學校有個老實的同學，忽然大發脾氣。」
「被欺負了嗎？」
「不是。雖然很認真，但他有點缺乏……就是那個啦。」
「哪個？」
「該說是社交性嗎？」
「我到現在也很缺乏。」
聽兜這麼說，克巳一笑，「上課時，那傢伙突然大罵隔壁的女生，『別不懂裝懂！』我不清楚到底怎麼回事，不過他的家庭環境似乎很複雜，可能累積不少壓力。隔壁的女生說了一些同情的話，他就爆發了。」
「這和我有什麼關係？」
「我覺得總有一天，你也會爆發。儘管你和老媽感情很好，不過都是你在忍耐吧？」
「在你眼中是這樣嗎？」兜加強語氣，傾身向前。果然有人注意到了！兜不禁想仰天長嘯。不過，另一個念頭掠過腦海。至今為止，他一直持續著，而且無法停手的這個收取金錢、奪人性命的工作，是那麼不堪，難以原諒。若有人注意到，他必定會遭到嚴厲的懲罰。問題在於，會是什麼時候？付出代價的時刻終將到來，果真如此，他不希望將家人捲入不幸。

「老爸總忙著跟老媽道歉，明明可以更大方、抬頭挺胸。」

「因為我就是這種個性吧。你要小心，別變成我這樣。」

「不過，一副大男人主義擺架子的姿態，也很難看。」

差不多該去買麵包粉了，兜起身的同時，問兒子一句，「你們學校裡，有沒有姓松田的女生？」

「松田？松田風香嗎？」

「你認識？」

「我們同班啊。我剛剛提到的，只是跟隔壁男生講幾句同情的話，卻被痛罵的女生，就是松田風香。」

哇，未免太巧，兜感到很開心。兩人的孩子不光是念同一所高中，居然還同班，並出現在兒子的話題裡，簡直是超越偶然的命運。若是異性，搞不好會萌生戀愛的嫩芽。

聽到妻子從二樓下來的腳步聲，兜不禁為子虛烏有的不倫之罪，畏縮起來。當他想問打掃是否告一段落時，妻子指著二樓說「要再一下」。

「真是辛苦了。」

「晚餐別吃炸豬排，改吃清爽一點，好不好？像是麵線之類的。」

由於期待著炸豬排，兜的胃袋已完全變成炸豬排的形狀，加上妻子用「好不好？」

這種商量的語氣，若是一般人，可能會主張「還是想吃炸豬排」，然而，那是外行人的作法。根據長年的交手經驗，兜知道該怎麼回覆才是正確答案，於是毫不猶豫地說：

「正巧我也覺得吃麵線比較好。」

克巳笑咪咪地翻開英文單字手冊，「悲慘、可憐、poor。」

兜

內科診所的候診室沒什麼人。或許是正值平日，只有一個可能是膝蓋不好，緩緩往椅子上坐下的高齡女士。這裡是商業區一角的大樓中間樓層。

「這裡的醫生實在冷淡。」那名女士向兜搭話。

兜愣了一下，「是啊，不過往好的地方想，也可說他很冷靜吧。」

「以沒血沒淚來形容，感覺十分貼切。」

「只要有醫生執照和知識，應該沒問題。」

「也對，有血有淚不見得能治好病人。」

對方笑著回應時，恰恰叫到兜的名字，於是他走進診間。

兜和穿白袍、戴圓框眼鏡的醫生相對而坐，醫生冒出一個抽象的問句，「那之後怎麼樣了？」

「沒有變化。」兜並未告訴醫生他交到朋友。

醫生翻著病歷說，「我推薦你動這項手術。」

兜迅速掃視一遍醫生遞來的紙張，隨即歸還，「我拒絕，這是惡性的吧？醫生，我提過不想再動惡性手術，而且我早就不想再動手術。」

「可是，簡單手術的費用不高。你以前不是說過，與其動良性的手術，惡性手術的罪惡感比較低嗎？」醫生有著光滑的皮膚，卻毫無表情，宛如人偶。如果能夠計算檢查結果的數據，推測出特定的病症，醫生或許也能置換成只負責列印出診斷結果和處方箋的人偶。兜暗暗想像著，忍不住懷疑起眼前的醫生，就是那類人偶的原型機種。

「那麼，這項手術呢？」醫生再次遞出病歷表。

上頭寫著使用剪刀、美工刀、錐子等工具的業者名字，及男人的身體特徵、行動範圍，至今為止的工作內容。由於是偽裝成病歷表，內容是以德文為中心的黑話，兜花費一段時間在腦中翻譯。

「講到用刀的，就是蟬了。」

「真是令人懷念。」醫生的口氣毫無懷念之意。

接著，醫生混雜著黑話開始說明。這個業者想脫離所屬的組織，遭到組織上層的追殺。儘管不到懸賞他的項上人頭那麼誇張，不過組織似乎向各種業者、代理人發出殺害委託。等待著背叛者、脫隊者的命運，只有死亡一途嗎？

從克巳出生後，兜就盼望著退隱江湖，實在不認為對方的命運與己無關。

「還有別的嗎？」他問醫生有沒有其他工作，期待接到安全的工作。他曾和使用美工刀之類的武器的同行交手，那種類型確實很麻煩。有一次，他碰上擅長匕首的「蟬」，但沒開打就結束。

「我從以前就想問，這個業界沒有新陳代謝嗎？」

「什麼意思？」

「我在這個業界待了滿長一段時間，幾乎沒聽過什麼年輕業者。這個工作的確需要經驗和直覺，但聽來聽去都是耳熟的名字，難道沒有值得期待的新人嗎？」如果有的話，趕緊放他退休，讓充滿才華的年輕人施展身手。

「能夠獲得信任的，還是有經驗的人。」

「不論哪種有經驗的人，一開始都是沒經驗的。」

「沒錯。不過，任何事情都是如此，會愈來愈兩極。換句話說，有名的人會更有名，沒名氣的人則是一直沒名氣。」

「真是惡性循環。」

「是啊。因此，為了成名，沒有名氣的人會想做引起注目的事，像是去接高難度的工作，或挑戰有名的人。」

兜不禁苦笑。有他這種想退隱江湖的人，也有汲汲營營想在業界出頭的人嗎？

「這個如何？」醫生再次遞出病歷表，「目的有些不一樣的手術。」

兜看著病歷表，聽醫生低聲解釋。簡單來說，手術內容是「準備一具屍體」，確實頗為特別。目的不是殺死某人，而是需要屍體，所以得殺人。委託人似乎是想要「替身」。為了擺脫追蹤，藉由替身誤導對方目標已死亡，所以需要屍體。病歷上也記載著身高、血型和身體特徵。

要我殺害和這些特徵一致的人嗎？可是，會那麼剛好，出現適合的對象嗎？

兜默默想著，醫生隨即否定。只要性別一樣，年齡差不多，之後會靠處理屍體的過程來蒙混過去，沒必要一模一樣。

「既然如此……」兜說出浮現腦海的想法，「更前面那個委託，就是想辭掉工作的業者。」

「ＤＩＹ。」醫生脫口而出的字眼，兜沒立刻領會是什麼意思，接著才想起是那個業者的代號。不知是對使用工具的業餘木工的印象，還是他殺人的工具是從ＤＩＹ商店買來的。

「先殺了那個ＤＩＹ，再把他的屍體交給第二個委託人，不是一舉兩得？」兜當然不打算親自動手，但認為這是個好點子。

「將第一個手術取出的腫瘤，拿到第二個手術再利用嗎？」

「是啊。」
醫生像是在憐憫兜，緩緩搖頭。「這兩項手術沒辦法串在一起。」
「這樣啊，我本來覺得是個好點子。」
「第二項手術的委託人，就是ＤＩＹ本人。」
換句話說，為了脫離組織，ＤＩＹ在尋找代替自己的屍體。
這個醫生同時接到殺死ＤＩＹ的委託，和為ＤＩＹ尋找替身的委託。雖然很滑稽，但確實是無法同時成立的兩個委託。
「你對哪一邊的手術有興趣？」
兜聳聳肩，第二個準備屍體的工作比較簡單，殺害普通人就行。不過，若是從罪惡感較低、報酬較高的角度來看，應該接下殺死ＤＩＹ的工作。針對普通人的工作，演變成刑案的風險頗高，而且，考慮選擇什麼人為目標也挺麻煩。
兜回答無法立刻決定後，走出診間。坐在候診室的老婦人向他輕輕點頭。兜不禁想像，該不會她是同行？或者，只是普通的患者？不過，兜其實一點都不在乎。

兜

「對了，我今天和幾個以前認識的媽媽碰面。」妻子說道。

「以前認識的？」

一家三口圍著餐桌，正在吃壽喜燒。

「就是克巳上小學時，一起參加ＰＴＡ（家長會）的那些媽媽。包含我在內，總共四個人。她們說好久沒見，所以約了午餐。」

「真是辛苦啊。」

「你怎麼知道？」

這麼一問，兜不曉得該怎麼回答，只好夾起長蔥放到嘴裡，蒙混過去。

「我想到一件事。」

嗯、嗯，兜附和妻子的同時，祈禱著不要是增加她的壓力的事。至於克巳，他俐落地一手打蛋，一手翻著英文單字手冊。

「記得跟克巳同班的鈴村同學嗎？」

「女生？」克巳抬起頭，簡短地問。

「對、對。鈴村先生最近去世了，聽說本來是開藥房的。」

兜用力吸氣，不料吸到剛入口的肉，差點嗆到。「怎麼回事？」腦中掠過之前接下的殺害藥房老闆的工作。儘管不知情，不過他該不會殺了克巳以前同學的父親吧？雖然更該檢討「不管是不是兒子以前同學的父親，本來就不應殺人」。總之，兜深深認為，得早點脫離現在的工作。

「好像是發生車禍。」

「原來如此，真是一場災難。」兜回答的同時，鬆一口氣。像是要收拾場面，他的筷子移到鍋子上方，動來動去。

「然後，鈴村太太非常難過，大家又不曉得說些什麼才好。」

「唉，說的也是。」兜沒什麼特別的感慨，但還是以感慨甚深的口氣應道。

「不過，久本太太……對了，克巳，你記得久本同學嗎？他是挺活潑的男生。」

「久本啊，我記得，真是懷念。」

「久本太太說了一些安慰鈴村太太的話。聽起來一點問題也沒有，鈴村太太卻生氣了，指責她『明明不懂丈夫車禍去世的人的心情……』。」

「噢……」克巳皺起眉。

兜想起前幾天克巳提到的學校的事。遭遇不幸的人，面對露出理解的模樣來同情自己的人，感到憤怒不滿，大喊「你明明就不知道！」完全是一模一樣的狀況。

「你們理解她的感受吧？畢竟她因車禍突然失去丈夫。」

兜用力附和，彷彿要將那句話刻入妻子腦中，不停點頭。希望妻子能想像一下「失去丈夫」的狀況，也希望她想像一下後悔「早知道對他好一點」的自己。

「可是，一旦被說『明明不懂我有多痛苦』，其他人也就束手無策，實在挺難拿捏。」妻子一臉煩惱，「久本太太並無惡意啊。」

「是啊，實在滿難的。」兜這麼回答。碗裡的飯吃完了，他起身打開電鍋，自行添飯。「你跟我說，我就會幫你盛了。」妻子似乎不太高興，但兜很清楚絕不能大意地依賴妻子，自己能做的事還是自己做比較安全。

「不過……」

兜再次坐下時，克巳開口：

「不過，當時久本媽媽什麼都沒說嗎？」

「什麼意思？」妻子不懂克巳的問題，兜也不懂。不過，妻子似乎一愣。「我不是剛剛提過？久本太太的安慰，害鈴村太太生氣。」

「我不是那個意思。啊，所以她什麼都沒說嗎？實在了不起。」克巳一副只有自己理解的口吻。

「到底是什麼意思？」兜問道。

「久本的姊姊和爸爸，很久以前就死於事故。」

妻子停止動作，只用力眨幾次眼，然後像是機器人，僵硬地轉向兜。兜擔心會挨罵，不由得挺直背脊，心跳加速地想著，得說些什麼才行。「那實在很了不起。」他向克巳確認，「你說的是真的嗎？」

「真的啊。讀中學時，久本告訴我的，但他沒高調地逢人就講。」

「那麼，久本同學是和媽媽一起生活？」

「該說是單親家庭嗎？所以，久本非常孝順媽媽。」

「那麼，今天鈴村太太指責『明明不懂我的心情』時，久本太太其實……」

「應該很了解吧。」克巳的口吻略微粗魯，狀似不怎麼在乎。

「那她為何不說自己的丈夫和女兒去世了呢？」

兜愣愣聽著妻子和克巳的對話。至今為止，光是為了活下來，他已耗盡心力。面對旁人的生死，幾乎沒有任何感受。他也從未考慮過失去親友的人的心情。

「就是了解鈴村太太的心情，才知道不能那樣回話嗎？」妻子自問自答般低喃，忽然哭了起來。像是從緊緊閉上的雙眼擠出來，眼淚接二連三落下。兜定定注視著她。

「大家都好辛苦。」妻子感嘆。

「很辛苦啊。」兜面無表情地應道。妻子為何哭泣？兜無法正確掌握她的感受，卻也一點一滴地理解，然後，想更進一步去理解。宛如宇宙的生物認真觀察人類的舉止，學習人心是怎麼回事，兜便是處在這樣的狀況。

他嚼著嘴裡的肉，一邊想著要及早脫離現在的工作。或許太遲了，但他不想喪失人類的情感，就這麼消逝在世上。

兜

抱石場沒什麼人，兜不需要排隊，直接開始攀登。他祈禱著家人的健康，及妻子脾氣永遠穩定，一邊往上爬。最後，他跳到抱石墊上，以抱石粉擦手休息時，一旁的年輕女子露出整齊的牙齒說，「你好厲害，完全沒停就爬上去了。」她穿著運動上衣，一頭短髮，氣質非常清新。客觀來看，絕對是個美人。

「大概是抓到訣竅。」兜回答的同時，立刻收斂心神。跟妻子以外的女性聊天，並非十惡不赦的罪行，他也毫無邪念，然而，這樣很可能踩到妻子設下的陷阱。不，實際上根本不可能，但在心理上，兜陷入妻子或許正在監視現場，確認他會如何應對的想像。

「約莫是你對至今為止做過的事抱持罪惡感。」兜聽到自我分析的聲音，「不遵守規則，奪取他人性命的你，不可能擁有幸福的家庭，不可能獲得原諒。你害怕家庭哪天會崩壞，才會怕老婆怕過頭。這是用來警惕自己，向自己發出警告，難道不是嗎？」

兜反駁自己，「不，我真的很怕老婆！」

看到松田出現在抱石場，兜鬆了一口氣，感覺有點像專門幫助自己保持精神平衡的醫師終於到來。

「三宅先生，你好。」松田打著招呼，開始熱身。

松田攀登的是藍色膠帶的路線。這條路線他從未失敗，今天卻在即將抵達終點時，手滑摔下來。兜這才發覺，他比平常憔悴許多。「失敗了。」松田搔著頭走回來，眼皮浮腫，臉色蒼白。

「你的身體不要緊吧？」兜這麼一問，松田垂下一邊眉毛，「哎，果然看得出來嗎？」

「當然。」兜甚至想接著說，因為我們是朋友。

「昨天我和妻子談話到深夜。」

「談話？」

「對，我們平常是不談話的。基本上我不會回應她，應該說，根本不會有任何談話，但這次與她的娘家有關。」

根據松田的說法，他的岳父母是生意人，不過目前經營狀況不佳，所以向女兒和女婿要求資金上的援助。松田願意盡量在金錢上幫助岳父母，只是他們的態度太囂張，他頗為不滿。

「或許是我的妻子也在工作，薪水挺不錯，她和她的父母才不怎麼把我放在眼裡。這麼一想，我就覺得很空虛。」

「這實在是……」兜不知該說什麼。松田懷抱的傷口，包含和兜完全不同的痛苦。「很難受啊。」

「所以，昨天我難得表達意見，她當然也回應了。三宅先生，真的很不可思議，我字斟句酌地說出想法，妻子卻非常情緒化，甚至吐出令人擔心『這樣講沒問題嗎？』的字眼。」

這該歸因於男女大腦運作方法的不同嗎？兜煩惱著，最後還是沉默地催促松田繼續說下去。

「最後，只是互相指責對方而已。我實在是筋疲力盡，甚至覺得至今為止的人生到底算什麼，煩惱到睡不著。」

兜看著松田，思考著內心湧起的情感屬於哪種類型。同情，還是有所共鳴？或者完全不同，像是對在工作上殺害的對象，抱持的陰暗想法？

「不過……」松田的五官稍微歪曲，兜一直沒察覺那是笑容。「因為睡不著，我動手整理房間，找到女兒以前的畫。」

「畫？」

「用蠟筆畫的。記得是她上幼稚園時，為父親節畫的。畫著像是我的臉的圖案。」

「這樣啊。」

「她還寫著『爸爸加油』。」

「是嗎……」兜這麼說著，想起克巳上幼稚園時的模樣。克巳應該畫過和爸爸有關的圖畫，可能還收在家裡某處，回家後找找看吧。

「今天來這裡，我忽然發現……」松田指著抱石場的牆壁，「那些五顏六色的石頭，好像用蠟筆畫的。」

兜同意松田的看法，又不由得想，抓著那些岩點的他們，彷彿是不願離開和孩子童年共享的回憶世界，拚命往上攀爬。

兜

要不要去喝一杯？聽到松田的邀約，兜非常開心。他曾和同行一起去夜晚的鬧區，不過，那不是在工作空檔去酒吧、居酒屋殺時間，就是因為下手目標是酒吧、居酒屋的客人。

這或許是第一次接到和工作無關的邀約。不，婚前和妻子去過，但事到如今，那段甜美的交往時期，就像西元前的四大文明一樣，只能遙想追憶。

那是松田常去的店，他向兜說明店面所在的大樓位置。雖然不清楚在哪裡，但兜自然沒有意見。真要說起來，他有點在意沒告訴妻子會遲些回家。正打算跟松田說要和家裡聯絡時，他發現松田也拿著手機，單手做出拜託的動作。既然兩人對妻子的態度屬於同一流派，這下就好辦了。我們真是心有靈犀一點通，兜這麼想著，按下家裡的電話號碼。

聽到兜報備要去喝一杯再回家，妻子只應一句「喔，這樣啊」，聽起來滿愉快的。是有什麼好事，還是尚未準備晚餐的關係？

「嗯，那就這樣。」兜望向一旁，松田講著電話，不斷低頭道歉。兜想起剛才自己也是一直低頭，只能說兩人確實十分相似。

鬧區的商店街非常熱鬧。有腳步沉重、西裝打扮的上班族，也有熱烈聊天的男女愉快地經過兩人身旁。

兜享受著和松田的對話，像是「要談麻煩的事，必須看準妻子心情最好的時候」，或「即使是工作上的事，也不能露出高興的樣子」之類，在其他人眼中根本是芝麻蒜皮的小事，但對兜來說，簡直是在互相確認宇宙真理。

「三宅先生，我會把這些訣竅都記下來。」

「咦，為什麼？」

「雖然不是要給別人看，不過可當成狀況發生時的參考。有時會因與妻子的互動，不小心忘記重要的事。」

「原來如此。」

「更重要的是，努力的成果能有個具體的模樣，不是挺好的嗎？」

哦，這個方法不錯，馬上來實行吧，兜暗暗想著。

在前往店裡的路上，兩人就聊得這麼開心，坐下來恐怕會聊到忘記時間。

途中，他們和看似小混混的一群年輕人擦身而過，松田和其中一人撞到肩膀。

雖然立刻道歉，但對方押著松田的左肩，魄力十足地大喊，「你以為道歉就可以了嗎？」另外兩個打扮類似的年輕人跟過來，擋住松田和兜的去路。「老頭子，你們在發什麼呆！」

兜不打算理會找碴的年輕人，拉著松田說「走吧」，想要繼續前進，卻被扯住外套。

「站住，別想逃。」一個年輕人湊近兜，撂下話。麻煩死了，兜滿心不耐，但他不想為這種事浪費時間。

松田一臉擔心，打算介入兜和年輕人之間，兜抬手擋住，催促他往前走。

兜早料到年輕人會執拗地抓住他的外套，於是從外套裡拿出手帕，丟到松田附近。

「三宅先生，這個……」當松田要撿起手帕時，兜迅速脫下外套，裹住年輕人的手，轉身順便折斷年輕人的指頭。感受到突如其來的劇痛，年輕人頓時睜大雙眼。兜以另一手塞住對方的嘴，接著靠近對方耳邊低語，「如果不滾開，我再折一次你斷掉的那根手指。」年輕人臉色慘白，其餘兩人露出不安的表情。兜攤開外套，重新披在身上。

兜接過松田遞來的手帕時，三個年輕人已離開。

他們走出商店街，轉到旁邊的小路，在冷清的十字路口停下。正當兩人在交談時，旁邊響起一句「呃，對不起」，兜立刻進入防備狀態。他懷疑是剛才的年輕人來尋仇，或針對他的業者找上門。

沒想到是大腹便便、即將生產的年輕女子，要向他們問路。雖然可能是偽裝成孕婦的同行，但經過兜的仔細觀察，判斷並非危險人物。

松田仔細告訴孕婦該怎麼走，兜在一旁聽著，想起兒子還在妻子腹中的往事。

此時，在這條人煙稀少的路上，兜察覺不對勁。雖然有路燈，四周卻很陰暗。從陰暗中，出現一個戴口罩的高瘦男人，拿著長達十五公分的菜刀。

松田睜大雙眼，反射性地站到孕婦身前。兜採取隨時都能行動的姿勢，測量和口罩男之間的距離。他仍懷疑對方是衝著自己來的同行，不過口罩男將菜刀對準松田和孕婦，要他們交出錢。

「要錢的話……」松田朝著背包伸出手。不料，口罩男突然大叫，亂揮菜刀。他也對著兜揮刀，兜往後退，避開刀尖。

孕婦顯然非常害怕，全身僵硬。松田舉起雙手，擺出投降的姿勢，兜也照做。從兜的角度來看，口罩男到處都是破綻，而且沒提防兜，只要兜想動手，並不是難纏的對手。話雖如此，在松田面前和人搏鬥，兜感到有些心虛。

要對付這種持有武器，陷入瘋狂的對手，必須使用比較粗暴的手段。目睹這種場面的松田，會一如往常和兜往來嗎？要為這種事，失去好不容易交到的朋友嗎？想到這裡，兜就裹足不前。

口罩男似乎以為松田和孕婦是夫妻，隔著口罩尖聲喊道，「你們很幸福嘛。」

「不，不是的。」松田戰戰兢兢回答，孕婦也迅速搖手，但可能是太害怕，完全發不出話聲。女子左手的戒指在黑暗中發亮，那道光芒益發刺激口罩男。

「我要連嬰兒都一起殺掉！」

松田立刻要身後的孕婦逃走。孕婦無法奔跑，仍拚命嘗試遠離現場。

口罩男爆發怒氣，打算追上去，松田擋住他的去路，兜站到松田身邊。男人的手因興奮和緊張顫抖著，兜立刻發覺對方根本不會用刀，是徹頭徹尾的外行人。雖然個頭高大，不過還很年輕，是自暴自棄嗎？

「你們這種人怎麼可能懂我的心情！」口罩男說道。

兜覺得最近經常聽到類似的話。你怎麼可能懂我的心情！這是用來拒絕他人的台詞。

「你們看起來這麼幸福，我一肚子火。」男人重複一遍。

「你說我很幸福？」傳來這麼一句語氣強硬的話。

不是兜，是從旁邊的松田嘴裡拋出的。

「我很幸福？到底是誰不懂裝懂？」松田情緒十分激動，鼻孔翕張，臉色漲紅。

口罩男有些狼狽，不過他本來就不太冷靜，不斷重複著菜刀往前刺的動作大喊，「你在囂張什麼！」

「我問你，你怎麼知道我很幸福？你又知道我懷抱多大的壓力在過日子？」松田忘記兜在場，激動得喋喋不休，訴說怎麼受妻子壓抑，並且這幾年都沒碰過妻子。

他的肩膀上下起伏，好似在威嚇敵人的動物。不斷累積，宛如陷入泥濘的痛苦，帶著熱氣不斷沸騰，看來也像是從體內噴出蒸氣。

「還是比我好啊。」口罩男回嘴，松田同時高喊，「你居然敢說我很幸福！」吼叫聲響徹夜晚的街道，松田衝向口罩男。

那一瞬間，兜無法動彈。與其說他愣住，不如說為松田爆發出的情感震懾。他們都害怕老婆，小心翼翼過日子，互相產生共鳴。兜以為他和松田是戰友，但或許松田身上的壓力和兜是完全不同次元的。

松田騎在口罩男身上，拚命毆打對方的臉孔。

兜確認周遭沒有其他人，悄悄靠近松田，輕拍嗚咽著揮舞拳頭的松田肩膀。松田赫然回神，看到兜時，驚訝地睜大雙眼。

「冷靜一下。」兜這麼對松田說，幫助他站起來。「這時候最需要的就是冷靜，深呼吸一下。」

松田聽從兜的勸導，像乖巧的孩子般深呼吸。兜趁機走近倒在地上的口罩男。對方動也不動，口罩拉下一看，宛如飲進虛空似地張著嘴。眼中沒有光芒，應該是死了，實際上手腕也感受不到脈搏。果然如此，兜心想。

恐怕是一開始撞到後腦杓就死了，可能是恰恰撞到不對的位置。

「三宅先生，」松田跪倒在地，雙手放在膝上，一臉茫然地開口，「這個……」

兜對死人早已司空見慣，也很習慣自己製造出屍體。然而，兜從未和誤殺旁人的人說過話，更別提還想安慰對方，他頗為煩惱。

總之，他走近松田說，「錯不在你，在他。」

「咦？」

「明明自己是最不幸的，別人卻說你這樣還算好，當然會生氣，這也是沒辦法。」

兜不是同情松田，而是真心這麼想。

松田的心神無法集中在眼前的狀況，完全說不出話。他看著自己的手，又瞥了倒地的口罩男一眼，呼吸再次變得粗重。

兜有時會碰到陷入這種狀態的人。那些無法相信自己的人生居然會在此終結，只是茫然想著「沒有任何預告、徵兆、覺悟，為什麼會這樣？」的人。他們無法接受眼前的災禍真的發生，內心一隅仍相信能夠重新來過。不管是引發車禍的人，或捲入車禍的人都一樣。

松田問蹲在身邊的兜該怎麼辦，「為什麼會這樣？三宅先生，我會變成怎樣？」

「松田先生沒有罪。」兜說道，「那是打算搶劫孕婦，最低級的人。而且他沒有任何理由就這麼做，是最難對付的類型。你騎在那男人身上揮拳時，他就死了。」

「可是，我完蛋了。」

「完蛋？」

「發生這種大事，別說是我，女兒的人生也會受到影響，到底會變成怎樣……」

松田盯著顫抖不止的雙手。

「這裡我會處理。」兜勸松田，「請直接回家吧。然後，絕對不要忘記，你沒有做任何壞事。」

松田當然無法立刻理解兜在說什麼，一副困惑的神情，但不能讓他在這裡拖拖拉拉。兜在稍遠的地方招了計程車，送松田上車後，對他說「下次再一起喝酒吧」。

留在現場的兜已決定該做的事。

他拿出手機，撥打醫生夜間診療用的電話號碼。對方應該還沒睡，卻很晚才接聽。

「我做了ＤＩＹ的工作。」

「哪一邊？」

「ＤＩＹ本人的委託。不曉得能不能用，不過我剛剛拿到可當替身的軀體。」

「你動了手術嗎？」

「恰巧掉在路旁。」

醫生笑也不笑地說「我立刻派人過去」，掛斷電話。

不到十分鐘，傳來救護車的警笛聲，白色車輛抵達現場。

兜

「老爸，你之前是不是說認識松田同學的爸爸？」

兜在客廳看電視時，克巳忽然問。

「是啊。」兜回答的同時，已料到克巳會說什麼。

「她這陣子轉學了。」

「這樣啊。」

那天以後，兜就沒在抱石場見過松田。他以為是時間搭不上，詢問抱石場的工作人員，對方告訴他松田這陣子都沒去。

理由不難想像。

可能是那一晚發生的意外讓他大受打擊，也可能是害怕接手屍體，卻沒讓事情鬧上新聞的兜。

「明明馬上就要考試了，那孩子真辛苦。」

「是啊。不過，聽說她爸媽離婚了。」

這樣啊，兜應道。跟妻子離婚後，松田獲得自由了嗎？

他無法緊緊抓住抱石的岩點，決定放棄了嗎？如果他能因此感到輕鬆，倒也不壞，兜不由得這麼想。

妻子從二樓下來。世間也會流行收納掃除嗎？最近她一有空，就會整理房間。

「我找到這個。」妻子將老舊的箱子放在桌上。打開一看，裝著折疊的圖畫紙，攤開後出現一幅蠟筆畫。「克巳上幼稚園時畫的。」

上面畫有一個大頭的人，好不容易看出旁邊寫著「爸爸，謝謝你這麼努力」。

兜不禁想告訴松田，自家的兒子也寫了類似的話。

「不要丟掉比較好。」聽到妻子這麼說，兜以連自己都訝異的清晰話聲，應道，「當然。」

然後，兜注視著那張畫，好半晌無法思考。他胸口一陣疼痛，痛到想以蠟筆著色的圖畫紙塞住內心的空洞。

「老爸，怎麼了？」克巳以手肘戳了兜一下，看著課本問。
沒什麼，兜啞聲回答，「只是想起好不容易交到的朋友。」
後來，兜逐漸減少去抱石場的次數。不過，每當他抓住岩點時，總會有一、兩次祈禱能再見松田一面。

EXIT

兜

朋友不是愈多愈好，克巳上小學前，妻子曾這麼說。

或許有人會反射性地回答，「沒錯！」但兜學到教訓，這麼做很不聰明，不能被察覺自己是無條件的直覺反應。

「原來如此，這話怎麼說？」要仔細聆聽對方的意見，強調對方的判斷十分中肯，最後深深點頭同意「真的是這樣呢」。當時兜也遵循了黃金守則。

「合得來的朋友，一輩子有一個就足夠。我的朋友裡，有的借友人一大筆錢，後來事情變得很麻煩；有的被友人搶走男友，有的遭其他友人嫉妒或欺負。」

妻子似乎有許多朋友。兜暗暗想著，但並未說出口。

他理解妻子的弦外之音。

競爭數量沒有意義，重要的是質量。和工業革命帶來大量生產後，眾人常說的那句話是一樣的吧。

所謂「希望能夠交到很多朋友」，或許隱含著成為不和周遭的人起衝突，擅長處理人際關係的人的願望吧。

對於幾乎不與他人交流，不光和他人起衝突，還以殺害他人維生的兜，簡直是異世界才會發生的情況。

兜平常是文具廠商的員工，自然有和他人來往的經驗，也不時以業務員的身分和客戶接觸，參加同部門的聚餐。但那不過是表面功夫，揣測「一般人和親近的人相處時的言行舉止」，加以模仿罷了。

「你能和妻子變得親密，我一直感到非常不可思議。」

最近，醫生這麼對兜說。通常醫生完全不談委託以外的事，連偽裝成問診或說明病況時，也幾乎不會閒聊，當天他卻忽然冒出這段話。

兜理解醫生為何這麼說。

自從兜表明想離開業界，醫生總是不斷重複「沒辦法馬上離開」、「你必須做到回收完前期投資為止」，隱藏著「如果不這樣……」的弦外之音。如果不這樣，你和家人就會有危險。醫生會提起兜的妻子，也是為了讓兜理解他可能會失去家人。當時，面對醫生的委託，兜感到十分猶豫，不，其實最近經常如此，醫生才會警告「家人對你很重要吧」。

「我和她一起度過的時光非常快樂。」兜只是這麼回答。儘管是過去式，但至今那份快樂依然存在。不同的是，當時他比較放鬆。現下他只在意如何不惹妻子生氣，過得戰戰兢兢，怎麼也想不起相遇之初輕鬆自在的模樣。

「如果你能和妻子自在交往，不覺得和其他人也沒問題嗎？」

「我也這麼想過。」雖然兜並不是認真想和其他女性變得要好，不過內心暗暗期待著，或許能享受和他人的交流。「不過，我有妻子就夠了。」

「真是令人感動的夫妻之愛。」

「如果是就好了。」兜可是戰戰兢兢地看妻子臉色過活。「醫生也有過嗎？」

「有過？有過什麼？」

「培育某種東西，像是友情之類的。」

醫生露出略帶嘲弄的表情，並未回答。

兜

「三宅先生，之後的工作不要緊嗎？占用你的時間，真不好意思。」坐在對面的奈野村低頭說道。關東地方已吹起涼風，雖然是差不多該出現冬天徵候的季節，但對方拿出手帕擦汗。他的個子不算高，小腹看起來十分柔軟，體型中廣，有張四方形的臉孔。

奈野村是保全公司的員工。半年前被派到百貨公司，有時會碰到來文具櫃位跑業務的兜。這個月內，兩人的距離急速縮短。

契機是在文具櫃位順手牽羊的少年。

兜在後場對負責的店員說明完新商品後，隨意瀏覽賣場，瞥見一個看似中學生的少年在試寫原子筆。他第一眼就看穿少年打算順手牽羊。少年沒有任何可疑的舉動，恐怕已十分熟練。從兜的角度看來，他顯然是居心不良。

兜不打算責備他。畢竟兜的少年時代，做了許多順手牽羊根本比不上的違法勾當，根本沒立場批評對方。

這時，奈野村出現。

他身穿便服，走近少年，腳下一陣踉蹌。少年似乎推了他一把。接著，少年露出嚴肅的表情，迅速離開賣場，步出店外。

「不要緊吧？」兜問奈野村。

「不，我失敗了。」

「如果要抓順手牽羊，不是等他出去比較好？」在結帳前就指出對方順手牽羊，是最愚蠢的。兜純粹是好奇，對方怎會犯這麼初級的錯誤。

「因為在店外，就真的是順手牽羊了。」奈野村露出老好人般的笑容。

「那就是順手牽羊啊。」

「我期待他會打消念頭。」

現在還來得及，把商品放回去吧。兜不清楚確切的用詞，總之奈野村在少年身旁這麼一說，隨即被推開。

「我太天真了。」

「或許是有點天真，但我覺得不是壞事。」兜由衷地說道，「畢竟不是嚴厲斥責，便能養出老實的孩子。」

「那孩子和我家的差不多大。」奈野村為自己的天真找藉口。

那個順手牽羊的少年，後來被在附近的自動販賣機補充商品的男人抓住。他似乎是在慌張逃走的途中，踢翻裝著保特瓶的紙箱，又沒道歉，於是負責維修自動販賣機的員工大喊著追上去。

那天之後，每當碰到奈野村，兩人像是共有祕密的夥伴，會互相打招呼。兜擁有非常表面的人際關係，能夠表現出和人愉快聊天的模樣。起初和奈野村的交流也是如此，不過他逐漸察覺自己樂在其中。

除了兩人都是家有獨生子的父親之外，與奈野村的交談，既沒有炫耀的成分，也沒有別人的壞話，大多是天氣、季節之類的應景話題，相處起來十分舒服。

「奈野村先生，你真的很細心。」兜曾這麼說。

「細心……是嗎？」

「你總是選擇不會起衝突、容易聊開的話題。」

他露出有點困惑的笑容，「聊天這種事，什麼內容都無所謂。因為打招呼，與對方講上幾句話才是最重要的。每個人的教信仰和主張都不同，而運動有時也和宗教沒兩樣，還是可能弄僵場面，不是嗎？在這一點上，天氣的話題比較安全。」

「天氣的話題確實挺安全，但就只能在這上頭打轉。」兜純粹是說出平常相處的感受，奈野村卻捧腹大笑，「真的是這樣。」

當時，他們從天氣聊到季節，不曉得怎麼聊的，兩人提起昆蟲。不知為何，奈野村略帶羞赧地告白養了大鍬形蟲。一開始是跟孩子一起養，愈來愈沉迷，現在已和育種家沒兩樣。為了養出更大隻的鍬形蟲，他在飼育幼蟲的溫度管理上也費一番工夫。在地下工作裡代號「兜」的自己，聽著鍬形蟲的話題，實在頗為詭異，但聽得愈多，愈覺得有趣。每次見面，兜都很期待奈野村談論飼養鍬形蟲的狀況。

或許這就是朋友吧。

兜逐漸這麼覺得。當老師在海倫·凱勒的掌心寫下「water」，讓她理解這就是水的瞬間，或許就是這樣的感受。然而，他隨即反省，將自己這種人和海倫·凱勒相提並論，實在是大不敬，於是在內心訂正這個想法。

他憶起以前在抱石場認識的上班族。

乍看之下，兩人關係不錯，但在友情萌芽前，對方就消失不見。每次想到他，兜就會感到一絲寂寥，宛如冷風吹過胸口。只是，他已記不起對方的名字。

總之，遇到氣味相投的人真的很幸運，所以當奈野村找兜商量時，他毫不猶豫地答應。

正確來說，是兜發現奈野村臉色有些暗淡，便問他身體還好嗎？奈野村先是回答沒事，過了一會又開口，「啊，呃……三宅先生，方便跟你商量一件事嗎？」於是，此刻兩人面對面，坐在三樓的咖啡廳的四人座。

「我接下來要值晚班。」奈野村說道。

「辛苦了。」兜附和。

怎麼個辛苦法，其實無所謂。世上每個人都很辛苦，不管是什麼狀況，總之只要慰勞對方就沒問題。兜是從和妻子的生活中，學到這一點。當他們開始一起生活，尤其是克巳出生後，兜分析妻子的焦躁和不滿，絕大部分都可歸因於「你根本不了解我有多辛苦」。

「不，工作本身沒那麼辛苦。」奈野村又擦起汗。這時，他的手撞到水杯，差點弄倒杯子。向店員點餐時，大概是口齒不清，店員還聽錯了兩次。

光憑這兩點就下判斷有點太快，不過奈野村似乎是凡事都不得要領的類型。

「晚上要巡邏這種大樓，不是挺辛苦的嗎？感覺很恐怖。」

「不會，晚上的百貨公司有種特別的氛圍，滿有趣的。」

「話是沒錯。」

「只是，我背負著責任。萬一發生什麼麻煩的狀況，造成店家的損害，就太不好意思了。畢竟關係到我們公司的信用。」
「你好認真。」兜打心底這麼想。當然，擔任保全有保全應負的責任，但有必要考慮到什麼對店家不好意思，或關係到公司的信用嗎？
「認真是我唯一的優點。」奈野村應道，「只是，我這種爸爸，兒子恐怕很討厭吧。」
「為什麼？」
「我不擅長社交，從以前就十分陰沉。簡單來說，就是一點也不起眼。很難稱得上是受孩子尊敬的父親。」
「這是什麼話！」兜加強語氣，傾身向前。
這時，他腦中閃過的，當然是自身的經驗。「怎樣算是亮眼的工作？所謂的陰沉，就是能靜靜享受每一天啊。」兜深知自稱開朗的人，總得將旁人捲入自己的步調，不然就無法享受人生。「倒不如說，就是腳踏實過日子的父親，才足以讓兒子感到驕傲。」
奈野村有點困惑，「這個……三宅先生，你說得太誇張，怎麼了？」
「我是真心的。」至少比起他的所作所為，奈野村更值得敬佩。
「你這番話，真是讓我害臊。不過，當父親的總會希望獲得孩子的……該說是尊敬嗎？」
「我懂，就是不想讓他們失望。」

這便是兜憧憬擁有朋友的原因之一。老爸居然一個朋友也沒有！萬一克巳得知，豈不是會很失望？一想到這裡，他就覺得克巳挺可憐的。朋友不是愈多愈好，也不是有朋友就好，理智上明白，但還是會在意。

「然後，兒子說想看我工作的樣子。」

「工作的樣子？那不是很好嗎？奈野村先生總是非常認真當保全。」

「他想參觀深夜的巡邏。」

「晚上的百貨公司感覺十分有趣。他是中學生吧？我兒子已是大學生，記得他上中學時超級難搞。」其實兜毫無記憶，但妻子老是將「跟上中學時比起來……」、「中學時很糟糕」掛在嘴邊，兜也不禁這麼覺得。「請務必讓他參觀。」

「這倒也是。」

「擔心公司不答應嗎？」兜猜想奈野村是為此煩惱。

「是啊，大概不會給我好臉色吧。和孩子在一起的時候，萬一出什麼差錯，沒有任何藉口推託。而且，該說是公私不分嗎？也不是好事。比如，要是新幹線的駕駛想讓孩子看自己工作的樣子，讓孩子進到駕駛座，不是很糟糕嗎？」

「可是，百貨公司的夜間巡邏，不是會牽涉人命的大事吧。」

「也對。」簡單來說，就是奈野村得不出結論，困擾不已。

「依照往例，反正是我一個人巡邏，偷偷讓孩子進來，確實不是什麼大問題。那我就趁下次值夜班，讓他來參觀吧。」

「可以的。」先不談一般常識、職業倫理，身為育有一子的父親，兜沒有第二個答案。

只是，奈野村露出喪氣的表情，彷彿臉上的四個角都掉下來。「不過，我還有其他在意的事。」

兜

「老爸，你跟老媽說了什麼？」

兜在客廳看書時候，克巳走進來，略微壓低音量問。兜伸了個懶腰反問，「怎麼？發生什麼事？」

「不，沒什麼，只是她有點不高興的樣子。」

「你媽在哪裡？」

「她嘴裡念著『回覽板』，到外面去了。」

兜的大腦全速運轉，回想幾個小時前和妻子的對話，及自己在妻子面前的舉止。腦袋裡開起緊急會議，確認自己究竟有沒有失誤。

是一早就太悠哉了嗎？可是，星期天一向如此。妻子一小時前問他「午餐要吃什麼」，兜當然沒蠢到回答「都可以」，而是建議幾樣不太麻煩的菜色，應該沒問題。還是，他答得心不在焉？

「老爸，你擔心過度啦。」克巳笑著在沙發上躺下，「我只是問一下，真的不記得就算了。」

那麼小的孩子，居然長大到能占據沙發，兜有些欣慰。

「對了，我在讀你之前推薦的這本書。」兜稍微舉高手中的文庫本。

「是什麼來著？」

「古山高麗雄（註）。」

「哦，我推薦給你嗎？那本書曾出現在考試題目中。」

確實，克巳沒明講要「推薦」給兜。但他告訴兜，那本書講的是戰爭的殘酷。非常殘酷、痛苦，小說本身卻莫名有種輕快幽默的氛圍，更襯托出那股哀傷。克巳這麼介紹過。

由於人生大部分的時間，都倚賴殘酷的地下工作過活，殘酷的故事在兜眼中並不稀奇，然而，這位作者獨有的溫暖及雲淡風輕的視角，他覺得十分新鮮。

「你看了想溫暖俘虜的故事嗎？」克巳問。

「嗯，看了。」

為了讓全身赤裸的俘虜感到溫暖，主角不自覺地擁抱他，卻惹上司發怒。以為做了好事，反倒害俘虜更痛苦。『我只是認為俘虜會感到溫暖』、『託我的福，在被殺之前，俘虜歷經更慘的遭遇』，主角淡然地這麼說。克巳沒特意記住這一段，卻不知不覺地留下印象。

兜不覺得這是戰爭小說，而是更貼近自身，在現代社會也通用的寓言。或許是兜的工作攸關生死的緣故。讀到『所謂的人命，有時會因傻瓜大將突然改變心意，轉眼消逝』這句話時，腦海浮現替他仲介工作的醫生臉孔。

「關於友人和認識的人的差別。」兜恰巧讀到以此為開頭的作品。

「親近的認識的人稱為朋友，不親近的友人稱為認識的人。」作者認為這不算答案，煩惱地翻開字典，得到「再沒有比朋友更曖昧的字眼」的結論，所謂的「親近」本身也很曖昧。

在渴望結交朋友的此刻，讀到這樣的內容，時機未免太巧，兜忍不住想和去世的作者握手。

「克巳，你有朋友嗎？」兜沒有多想，脫口而出。

註：古山高麗雄（一九二〇～二〇〇二），日本作家，曾獲芥川獎。多以二戰從軍體驗及戰後生活為主題創作。

「咦，什麼意思？」克巳皺起眉。

「不，我剛好在想朋友的事。」

「老爸，你有朋友？」

克巳應該是隨口一問，兜卻覺得身體最柔軟的部分被刺一針，頓時動彈不得，莫名感到害怕。

克巳沒察覺父親的心悄悄痙攣著，淡然地說「不過，成為大人就是會這樣吧」，彷彿要說服自己。

「嗯，是啊。」雖然兜不清楚大多數的大人到底是怎麼樣。「對了，我一直想問你一件事。」這不是要轉移話題，「克巳，你曾被欺負，或欺負別人嗎？」

克巳渾身一僵，「唔，也不算沒有。」

兜稍微端正姿勢，「哦，是什麼時候？」

「你也太認真了。」克巳苦笑，「我沒欺負過人。」

「那是被欺負嗎？」

「是啊，差一點。」

「差一點是指……？」

「念中學時，我被盯上。」

「怎麼會這樣？」眼前的克巳一副毫不在意、雲淡風輕的神情，想必是平安度過那一關，兜卻忽然感到不安。

「我哪知道啊，大概是看我不順眼吧。」

「憎恨一個人，不需要什麼合乎邏輯的理由。」兜回想至今為止接下的委託。當然，委託人有自己的理由，但從客觀角度來看，未必都合理。有的是惱羞成怒，有的是會錯意。聽說有人因「目標和爭吵的對象長得很像，光看就生氣」來委託殺人。對方或許想告訴目標「要恨就恨自己的臉吧」。兜心想，換成自己，當然是要恨委託人。「你怎麼跨越那一關的？」

「早就忘了。總之，我是撐過去了。不管是跟他們正面衝突，或是對他們低聲下氣，都不會有好事。以前老媽不是常說『把能做的事都做了，要是不行也沒辦法』嗎？」

「是啊。」

「我把能做的事都做了。如果沒辦法解決，一直在意也沒用。當時覺得日子過得很慢，如今回想，不過是一轉眼的事。」

「你記得他們的名字或長相嗎？」兜問道。如果有印象，或許能找到他們，潛到他們身後，讓他們嘗嘗恐懼的滋味。

「老爸，你的眼神好嚇人。」

「若是再碰到他們呢？」

「你是指再碰到他們，會怎麼做嗎？」克巳說，「我也思考過這一點。倘使再碰到他們，要和善對待他們，還是想辦法修理他們一頓？」

「真的是難題。」不用提，兜只會選擇後者，不過仍佯裝在思索相同的問題。

「甘迺迪總統曾說『原諒你的敵人，但絕不能忘記他的名字』。」

「原來如此。」

「是可以原諒，但要提高警戒的意思嗎？」

「大概吧，或是下輩子再討回來之類的。不過，你知道的真不少，居然引用甘迺迪的話。」

「又不是直接聽他說的，搞不好他根本沒說過這句話。」

「你知道這麼多事，真的很厲害。不敢相信你是我的兒子。」

「老爸才厲害吧。」

克巳突如其來的話，害兜嚇一跳。昨天發生在公車站的事很驚人，但克巳的話更是驚人。

兜拿來當成比較對象的「昨天發生在公車站的事」，實際上發生在萬千岡市的郊外。雖然屬於東京都，但比起都心，和鄰縣更近，是留存許多自然景色的幽靜地區，兜為工作前往那裡。

說是工作，他並非以文具廠商的業務員身分前往，而是接下醫生的委託，為了違法又不人道的工作而去。

一開始，醫生再度勸他進行「手術」。可以的話，兜並不想承接。

「是惡性的喔。」

「我強調過很多次，就算是惡性的，我也不想接。」

醫生的表情不變，「有罪惡感嗎？」

那究竟是怎樣的感情？雖然不清楚，兜還是回答，「或許吧。」

兜反覆思索，自己到底在痛苦什麼？為何會開始覺得，這個工作令他痛苦？雖然本來就不是快樂的工作，但他一直認為接到委託，達成任務是理所當然，一路這麼走來。

「因為生命寶貴。」兜試著這麼說。

「這是宣傳標語嗎？」醫生眼中浮現明顯的輕蔑之色，「居然跟當醫生的我講什麼生命寶貴。」

兜的腦海浮現「醫生不養生」這句話，但很快甩開這個想法。生命寶貴，理所當然，他從以前就知道這一點。然而，他和醫生將寶貴的生命當成食物，也不在意遠方國家許多即將死去的孩子。兜很清楚生命的價值是相對的。

「所謂的家族愛，真是了不起。」醫生說道。

「事到如今，我不認為自己的過去能一筆勾銷。」

「當然。」

「我唯一能做的，就是不要增加。」

「增加什麼？」

「孩子無法引以為傲的事。」

「摘除惡性腫瘤，不算是壞事。」

「可是，我厭倦了。」

又在兜圈子。兜不曉得和醫生進行過多少次相同的問答、交涉、交換意見，可以確定的，只有這場對話的終點。

「三宅先生，你不能不回診。」

你背負著前期投資。如果你不幹了，會有人蒙受損失。沒人會為損失感到高興，而是會很生氣吧。要是你現在退隱，那些生氣的人，不光會對你，也會對你的家人毫不留情地出手，所以再接點工作吧。

必須把凹洞填平，說是收支平衡也行。

「你不想接手術，就做別的治療吧。」

結論就是「去萬千岡市的工廠取回目標物」的委託。

兜理解這就是妥協的結果，接下工作。

那是一座背山的工廠，沒有任何保全設備。稍微動一下手腳，裡側生鏽的窗框立刻毀壞。要從狹窄的縫隙擠進去，費了一番工夫，不過兜輕易進到室內。環顧四周，只見一條孤伶伶的機械軌道，兩邊設置手臂形狀的機械。兜覺得很像牙科的器材，不禁想像起巨人在軌道另一邊張開嘴的模樣。

根據事先看過的平面圖，廠內深處應該有個類似辦公室的空間，兜輕鬆打開門，沒想到居然是陷阱。

拉開門的同時，兜聽到聲響，慌張後仰，幾乎要倒地。上方有個像銳利的箭的東西，仔細一看，真的是支箭。

那支箭插入牆中，發出聲響。

那似乎設計成只要一打開門，設置在房間深處的十字弓就會自動發射。兜進入這個業界時，這方法就被嫌太老舊，但老方法至今仍通用，就像九九乘法，或哭著向人借錢一樣。有些運動會因規則修正，出現一些無法再使用的技巧，在這個業界裡，沒有這種事。

兜慎重起身，沿著牆邊走進去。房門對面的桌上設置一把十字弓。兜碰了一下，發現滿是灰塵，顯然不是最近才裝上，應該是很久以前設下的陷阱。這把十字弓一直在等待活躍的機會嗎？

房間一隅有個櫃子，雖然上了鎖，不過兜粗暴地亂敲一通後，門便打開，顯然是壞了。兜取出放在裡頭的盒子，是可放入高級手表或戒指的大小。兜將盒子丟進帶在身上的背包。

雖然十字弓的陷阱，害兜嚇了一跳，不過，只要帶盒子回去就好，兜很感激世上竟有如此輕鬆的工作。但他想起以前有個男人，只是接下從東北新幹線列車取下行李箱的簡單工作，卻一直下不了車，捲入不停出現屍體的麻煩狀況裡，於是收斂心神，畢竟不知危險會潛藏在何處。

實際上，他真的遭遇危險。

就是在公車站等車的時候。抵達公車站後，兜看到三個人在排隊。可能是當地狀況的關係，三個都是老人。當兜愣愣想著「與其開車移動，不如搭公車？」之際，後面一個年輕男人問，「公車還沒來吧，來得及嗎？」

「應該吧。」

「太好了，萬一錯過，要再等一小時。」

「公車一小時一班？」

「對啊，畢竟這裡是鄉下。」

「那你看到我們在這裡等車，不就應該知道公車還沒來嗎？」為什麼要特意問我？

「欸，也對。」對方的口氣瞬間變得粗魯。他一頭金色捲髮，看起來像是藝術家，也像是輕薄的搭訕男，又像是搞樂團的。可是，兜感覺他哪一種都不是。

對方偽裝成傻愣愣的年輕人，卻散發出一股緊迫的氣息。

他的目標是那個盒子嗎？兜留心著身後的背包。搞不好對方會偷偷拿類似剃刀的工具割開背包，取走裡面的東西。

或者，直接從背後攻擊兜。

不管怎麼說，兜在意著身後的男人，當前方的老人踢過來時，反應慢了一拍。好不容易右臂趕上。

男人踢過來的腿彎成勾形，直搗兜的手腕。兜踉蹌一下，後面的年輕人顯然是一夥的。兜扭過身體，離開隊伍，摔倒在路上，隨即站起。四個人圍著他。在公車站的四個人，分別是三個老人，和一個年輕人。

兜保持警戒往後退，拉開距離。

誰會先動手？

他們排成半圓形，緩緩接近兜的動作顯然訓練有素，與其說是今天才合作，不如說是平常就在進行團體合作的訓練。

他們是在哪裡訓練？

兜幾乎沒有團體合作的機會，忽然在意起來。想像他們去預約市民活動中心的體育館，晚上互相確認陣形和攻擊流程的模樣，他不禁覺得這麼熱心真是好事。當然，在兜這麼想的時候，那四人也輪番上陣，開始攻擊他。

以為會從背後來一腿時，長長的右臂一拳飛過來，接著是刀子水平揮向他，四人毫不間斷攻擊兜。

兜努力躲開接二連三的攻擊。防禦了這邊，另一邊又遭到攻擊；躲開這邊攻擊的同時，另一邊又撞過來，兜只能拚命保護自己。

悲哀的是，人類只要一直這樣動著，遲早會喘不過氣，兜深知這一點。愈是綿密的團隊合作，呼吸稍微配合不上，便會如骨牌般倒下。

尤其是年輕人，那個排在兜身後、不是黑髮的男人，最早露出疲態。朝兜的頭部掃來的腿，踢得不夠高，露出破綻。

就像是搗年糕的兩人合作節奏崩壞，實在是讓人看不下去。

接下來，輪到兜。他轉動身體，一個一個進行攻擊。當然，兜也漸漸喘不過氣，動作愈來愈遲鈍，不過他盡可能修正慢下來的動作，好不容易止住四人的攻擊。

在地上爬行的四人發出呻吟，公車一直沒來的站牌四周依舊非常安靜。一陣風吹來，捲起染上秋色的落葉，發出的聲響更襯托出環境的寂靜。

兜放棄搭公車，打算離開現場時，感受到某種氣息。他立刻轉頭，發現一個倒地的老人動著右手。

兜慌張地靠過去，抓起對方的右手，掌中落下一個玩具般的東西。

其實是一把能夠藏在掌心裡的手槍。「瑞士迷你槍……」兜喃喃低語。這是利用瑞士鐘表匠的技術製造的手槍，大小和拇指差不多，有一陣子蔚為話題。兜第一次看到實物，看上去似乎經過多次改良。

兜花了點時間把玩和觀察手槍。這種大小藏在哪裡都沒問題。

如果是以前，兜會毫不猶豫地解決四人。自己加害的人，日後很可能來尋仇。尤其是對方先出手，應該早有遭到殺害的覺悟。

原諒敵人，兜平常不會這麼做。

然而，他低頭看著倒地的四人，不打算給予致命的一擊。倒不如說，他居然思考起「他們也是別人的孩子」這種理所當然的事。不曉得養育出他們的是怎樣的父母，不過，當他們還是幼童時應該也很可愛吧。那麼，自己又是如何？這麼一想像，兜陷入複雜的情緒。他完全沒有遭父母放棄養育的那段童年記憶。

「老爸，怎麼一臉驚訝？」

聽到克巳的話聲，兜回過神。

「啊，昨天工作上發生意料之外的狀況。不過，你剛剛說的話，讓我更驚訝。」

「我剛剛說的話？我說了什麼？」

「你不是說我很厲害嗎？」

啊，克巳露出有點害羞的模樣，抓了抓鼻頭。

「老爸的確很厲害啊，因為你認真工作，讓我和老媽能夠好好過日子。」

「你才幾歲，就在想這種事了嗎？」兜的內心湧起一股純粹的感動。

「而且，你在家裡對老媽……嗯，非常溫柔。」

「該說是溫柔嗎？」

「很會看她臉色。」克巳笑道。

「當然，不論是誰，都會希望家人保持愉快的心情。或許是一種本能吧，只要附近有人不高興，我就會感到不安，會覺得得好好應對。」

「就算是犧牲自己也無所謂嗎？」

「講『犧牲』未免太過頭了吧，看起來像是這樣嗎？」

「雖然不到諂媚的程度，但我覺得老爸稍微強硬一點也沒關係。」

「是嗎？」兜忍耐著不要露出笑容，表情嚴肅地脫口而出，「即使是樸素的比賽，也會有人看。」

「什麼是樸素的比賽？」

「不，沒什麼。」

「確實如此，老爸確實意外擅長樸素的事。」

「是嗎？」

「你有時會很認真地玩填字遊戲，不是嗎？」

「我確實不討厭填字遊戲。」從兜的角度來看，不與人競爭，只花腦筋填滿空格的填字遊戲，是非常和平的作業。「只要做好決定的事就行，在這個社會上其實極為少見。」「也是。」「你知道嗎？」「是啊，就算只是打工，也會有麻煩。」「是嗎？」

「填字遊戲不光直排和橫排，也會從斜排出題。」「有填字遊戲相關的打工嗎？」

「這是比喻啦。我只是要說，社會上有太多這種難以解答的問題。」

「的確。以為是填字遊戲，其實是魔術方塊的狀況也不少。」

克巳不禁一笑，兜問，「哪裡好笑？」

「老媽也是這樣吧？總是從老爸沒想過的角度發脾氣。」

「什麼角度？」妻子忽然走進客廳，兜差點慘叫出聲。

「我們在討論數學。」克巳冷靜回答。

「這樣啊。」妻子不僅沒有不高興，甚至有點開心。兜鬆一口氣，猜想妻子是不是碰上好事，只見妻子雀躍地說，「剛剛買東西回來的路上，我發現一家剛開幕的小餐廳。」

「真不錯。」兜立刻找到最適合的反應，「下次一起去吧。」

「好啊。」

「我不去，你們去就好。」聽到克巳這麼說，妻子提高聲調，「機會難得，我們一起去吧。我們一家三口一起吃飯的機會，以後也不多了。」

「太麻煩，我還是算了。」克巳十分頑固。

若是以往的兜，他會希望妻子尊重兒子的選擇，不過他已決定要站在哪一邊，於是提議「去一次看看吧」。

「我會出克巳的錢。對你來說，不是賺到了嗎？如果不去餐廳，就跟我一起去富士急高原樂園吧？」妻子說道。

「怎麼忽然提到富士急？」克巳面露困惑。

「我很想搭雲霄飛車，可是沒人跟我去。」

「找老爸啊。」

對啊，還有我。兜可以這麼說，但他知道這不是妻子想聽的話。

「不想去餐廳，就去富士急，選一個吧。」

克巳苦笑，「縮小選擇範圍，根本是詐欺犯的手法吧。」

兜

打烊後的百貨公司比想像中更暗，一片寂靜。兜甚至覺得裡頭沉睡著一隻巨大的野獸，幾乎能聽到牠的鼾聲。他從一樓的後門進去。雖然必須經過警衛室，不過這次的警衛替兜打開方便之門，他輕輕鬆鬆通過。

由於工作的關係，兜十分習慣在黑暗中行走。只是，百貨公司到處都擺有商品，他拿著小型手電筒照亮四周，一邊前進。

只要手電筒一動，化妝品賣場的鏡子就會閃現光芒，每一次兜都覺得是躲起來的動物在眨眼。

奈野村和他兒子在樓上了吧。

依照奈野村事前告知的安排，兜爬樓梯上去。

警衛通常會從最高層開始巡邏，一路往下。從上面開始巡邏，兜覺得這一點十分有趣。若是有人入侵，從下往上追，對方會失去逃脫的空間，但追得太過頭反倒危險。要是對方自暴自棄，或占據某個空間和警衛對峙就麻煩了。或許是考慮到這種情況，才會採取從上往下，將對方逐出店外的巡邏路線。

與其抓住對方給予懲罰，不如選擇不造成麻煩嗎？

兜躡手躡腳往上爬，逐漸聽見奈野村的話聲，在四樓。不能和他撞個正著，兜看準時機，離開賣場。

「那天的警衛只有奈野村先生嗎？」前幾天在咖啡廳時，兜詢問幾件在意的事。雖然贊成奈野村讓兒子參觀職場，但有不少必須解決的問題。

「不，是兩人一組。對方是個退休後二次就業的大叔，老實跟他說，他應該會睜一隻眼閉一隻眼。」

「他很信任奈野村先生吧。」

「如果是就好了。」奈野村露出混雜害羞和自虐的笑容，「認真又值得信任，是我僅有的武器。」

「這不是很棒嗎？」長久以來使用各式各樣的武器和凶器，在兜的眼中，要停止紛爭，最終需要的還是「信任」。

手電筒照亮四樓。奈野村父子走在通路上。兜第一次發現百貨公司裡意外適合躲藏。這裡是女裝賣場，隨處可見衣服和人體模特兒，對兜來說很方便。

兜留意著腳步聲，忽左忽右往斜前方前進。他逐漸縮短和奈野村父子的距離，聽到奈野村的話聲。

「除了要確認有沒有可疑人物之外，滅火器有沒有異常，或垃圾有沒有掉在地上之類的，也必須確認。」

「是喔。」兒子回答，顯然十分心不在焉。要裝成很在意，也不裝得像一點，兜忍不住這麼想。

褲子後口袋傳來手機的簡訊聲，兜立刻查看，發現是妻子傳來的，問他幾點回家。兜告訴妻子，他正和老客戶一起吃晚餐。

「可能會晚點回去，妳先睡吧。」兜回傳訊息。即使不這麼說，妻子太累也會去睡，不過兜也曾回到家一看，發現妻子還在等他。這種時候，兜會湧現一股罪惡感，好似妻子替他背負龐大的債務。雖然應該轉為靜音，但兜擔心有什麼萬一，會無法馬上察覺，於是調低音量，將手機放回口袋。

這時，他聽到奈野村的兒子說，「爸，等一下，我想去廁所。」

「這樣啊，你知道廁所在哪裡嗎？」

「在樓梯中間，你在這裡等我。」奈野村的兒子說著，已走下樓梯。無視父親詢問需不需要手電筒，他逃跑般消失不見。

兜當然立即追上。廁所位在樓梯間，但男孩直接經過，繼續往下走。

奈野村事前給兜看過平面圖，他大致可料到男孩會去哪裡。那是在建築物後方，用來卸貨的入口。男孩打開從通道前往後場的大門，消失無蹤。兜跟在後面，確認奈野村兒子的腳步聲遠離後，打開大門，潛入後場。雖然兜擅長安靜地行動，還是打開裝在手指上的小燈，沿著員工專用的通路前進。

前方傳來打開生鏽鐵門的喀嚓聲，兜躲到堆在一邊的紙箱旁。

「太慢了，你要我們等多久啊。」聽起來很年輕，是殘留著稚氣的話聲。「外面冷死了。」

「你真是沒用。」

「對不起。」聽起來是奈野村兒子的話聲。

他們沒有察覺兜在場，走在返回店內的路上。趁他們經過，兜進行確認，是奈野村的兒子與三個少年。體格不同，但不會差太多。

來到一樓賣場，奈野村的兒子指了四周一下，將食指抵在唇上。隔著一段距離，兜聽不見他的話，約莫是希望另外三人保持安靜吧。他可能在告訴其他人，裝有監視攝影機。剛剛沒仔細分辨，不過三名少年似乎戴著防寒口罩，看不清長相，想必是針對監視攝影機的預防手段。

奈野村的兒子說了什麼，其中一名少年便掄起右拳，作勢要毆打他。大概是警告他小心說話的對象，另外兩個少年則嘻嘻哈哈地笑。

趕快回去你爸那裡吧。三個少年揮著手，彷彿這麼說著。奈野村的兒子滿臉不安，還是轉身步向樓梯。

如果是我杞人憂天就好了。

奈野村雖然這麼說，遺憾的是，他的不祥預感成真，兜暗暗想著。

「我猜他大概是受到壞朋友的指使。」

前幾天，兩人在百貨公司的咖啡廳裡，奈野村欲言又止，壓低話聲傾訴。

壞朋友，應該不算在朋友裡吧？兜有些在意。他想起古山高麗雄說的，在認識的人當中，親近的才是朋友。

「你不覺得，忽然表示想看父親的工作狀況很奇怪嗎？而且是在半夜。我也有一定的人生經驗，想像得到背後是怎麼回事。」

「你兒子……」

「他是認真的好孩子，就是性格懦弱。上小學時也被欺負過。」

「唉。」兜嘆一口氣。

「我想像得到，趁隙利用懦弱的人的思考模式。如果對自己言聽計從的人的父親，是百貨公司的保全……」

「要在百貨公司裡作亂？」

「趁晚上溜進百貨公司偷竊之類的。」奈野村露出寂寞的表情，「很有可能吧？叫兒子轉移我的注意力，他們再溜進來。兒子應該會一邊觀察我工作的情況，找機會讓那些壞朋友從後門進來吧。」

你想太多了。話雖如此，實際上奈野村並沒有想太多。他猜測的場面，就在兜的眼前展開。

「遊戲賣場吧，遊戲賣場。五樓、五樓。」那群少年踩著停止的手扶電梯，粗魯地往上爬。

兜思鎖片刻，追在三人的後面。他們似乎是用手機照亮周圍，徑直朝目的地的賣場前進。

他們光明正大地使用手機照明，從這一點看來，奈野村的兒子應該事先叮嚀過父親不要來這層樓。

巡邏結束的樓層，就是三不管地帶。因此，他才會和父親一起下到四樓，才去放另外三人進來。

一邊是害怕到即使被貶低自尊也不敢反抗，另一邊則一臉無所謂地自認身處安全地帶。這不是什麼稀奇的光景。或許是這個世界的結構，社會的基礎，但兜不喜歡，因為很不公平。

因此，當兜察覺時，已靠近遮住臉孔、不斷在遊戲賣場物色下手對象的少年身邊，開口問，「有什麼好玩的？」

他違背了奈野村的期望。

「我認為，兒子會誘導我到那些朋友不在的地方，讓他們趁機偷走店內的商品。所以，我想拜託三宅先生，代替我確認他們的行動。」奈野村這麼說道。

「『確認』是指……？」

「希望你能拍下照片，當成證據。」

「沒有監視攝影機嗎？」

「有是有，出入口裝的還算過得去，可是各樓層裝的都是舊機型，沒辦法留下清楚的影像，如果他們遮住臉，只能舉手投降。既然如此，我希望能稍微靠近一點拍下影片或照片，錄下聲音之類的。」

「這麼做的理由是……？」

「要是有什麼萬一，可以拿來對付他們。」奈野村露出苦笑。因為對手是小孩，這樣很不成熟，還是在他的想像中，那個「萬一」是比較可能成為現實的未來？

「不需要規勸他們嗎？」

「我無法想像那群孩子會怎麼反應，搞不好會對三宅先生造成危險。而且，萬一事情鬧開就麻煩了。希望在他們不會發現的範圍內，盡量拍下來。」

兜剛剛破壞了約定。

當然，一開始他是打算遵守和奈野村的「他們不會發現的範圍內」約定。然而，看到他們一臉滿足，把奈野村的兒子當小弟的模樣，兜無法再忍耐。對，就是這樣。兜想起之前看的戰爭電影，士兵將俘虜的性命當成遊戲般玩弄，害他火冒三丈。不，不對，兜並不是會為戰場上發生的事憤怒的純樸個性。只是，想到那些遭受無情對待的人，如果是兒子——克巳，他就憤慨不已。

兜忽然冒出來，三名少年嚇得面面相覷，「咦、咦、咦」地發出充滿節奏感的驚呼。

他們一定會立刻判斷兜是保全，拔腿就跑。光憑氣勢行動的人，一碰到危險，絕對是不顧一切地逃走。不在意過去，也不在意未來，只在意眼前。完全不管別人發生什麼事，只要感覺自己會受到傷害，就會拚命逃走。毫不瞻前顧後，什麼都不想，只盼躲過眼前的危機。過一段時間，就會開始思索「那是誰害的？」然後，尋找可揹黑鍋的代罪羔羊。

若他們認為是某人害自己感到痛苦，某人就必須為自己負起責任。

在他們逃走前，兜已先採取行動。

他不知道三人當中，帶頭的是誰。他像是要壓住最靠近的少年肩膀，用力抓住。

「等一下，你們逃走就麻煩了。」他警告另外兩人。一人停下腳步，另一人逃走。那副一心一意、毫不猶豫逃走的模樣，彷彿確信一定能平安生還。

「怎樣啦！」少年搖晃著身體，遠離兜。

應該要強硬，還是客氣？兜無法決定，於是試著丟出一句「我在巡邏」。

兩個少年面面相覷，大概在懷疑兜是奈野村的父親。

「你們是中學生嗎？」兜先這麼問。

可能是兜的口吻帶著一點溫情，少年按著肩膀說「別開玩笑了，好痛，不要隨便動手啦」。他的語氣有些強勢，大概是在求饒和強硬之間選擇後者，才會是這種態度。

「很痛嗎？」

「超痛的，你太過分了。」

原來學校老師會為這種猴戲感到狼狽嗎？這一招平常是有效的嗎？兜不禁佩服。他的手放在少年肩膀上，這次更用力。

少年慘叫一聲，當場跪倒。

另一個少年戴著口罩，但兜知道他怕得臉頰抽搐。

「我問你，你五十公尺跑幾秒？」面對不在意肩膀受制，一臉茫然的少年，兜這麼說，「如果跑得比我快，你就逃走吧。不過，你要逃得徹底。如果逃走卻被逮到，你就慘了，我絕不會放過你。聽著，要逃出我的手掌心，就用絕不會被我逮到的速度逃走，跑出你的最快紀錄。」

看著少年無法動彈的模樣，兜愕然地想著，「我在幹什麼？」

他現在做的事，不正是以絕對的力量差距欺凌他人嗎？

他們以折磨來支配弱者，我也只是打算以折磨的手段支配他們。

當然有能解釋的藉口。

不可以欺負弱者，除了欺負弱者的人之外。

兜認為這是可以成立的說法，不是詭辯，但看著手腕細瘦到超乎想像的中學生痛楚苦悶的臉孔，仍會心生強烈的罪惡感。

赫然回神，兩個少年已逃走。他似乎不自覺地放開手。

該怎麼做？

他們已感到一定程度的恐懼和痛楚，若以懲罰的角度來看，或許可就此收手，不過，之後他們可能會惱羞成怒，找奈野村兒子麻煩。兜判斷得教訓他們一、兩句，要他們今後自重一點。此外，他也十分在意奈野村的狀況。

一片漆黑的店內，兜豎起耳朵。五樓靜悄悄，看來他們不在五樓。兜走下樓梯，抵達四樓的時候，好不容易聽見腳步聲。兜調出腦中的樓層平面圖，推測那兩人可能躲在廁所。

穿過四樓旁邊的狹窄通道時，聽見從廁所傳出的話聲。兩名少年說著「怎麼辦？」、「那傢伙在搞什麼？」，互相商量著。

廁所裡沒有退路，風險未免太高，他們大概是腦筋轉不過來。

目瞪口呆的同時，兜思考著該走進去，還是等他們出來，在得出答案前聽見慘叫聲。接著，是「對不起、對不起」拚命道歉聲。

他們承受不住緊張感了嗎？

兜走進廁所，裡頭一片漆黑。他毫不猶豫地打開電燈。

少年的身影浮現，他們用力尖叫。

兩人僵在廁所的隔間門口。一發現兜走近，就這麼張著嘴，臉色發白。他們握著手機，似乎是藉著液晶畫面的亮光，確認黑暗中的狀況。

為了躲藏，他們看過隔間裡面，嚇得不輕。

隔間裡有人。敞開的隔間門內，倒著一個男人。那件紅色運動外套十分眼熟，兜馬上認出是自動販賣機的維修人員。他在百貨公司看過對方好幾次。

對方的左胸凸出一把菜刀，顯然已死。

兩個少年的處境，簡直是前有狼後有虎。前門是屍體，後門是殺手。那麼，屍體這邊還比較安全，兜思索著。換成前門是屍體，後門是怕老婆的男人呢……這個念頭掠過他的腦海。

「不是我們……」兩人肩並肩，抖個不停。

雖然在意屍體，兜還是選擇先處理兩名少年。「聽著，你們別太囂張。」兜的語氣十分溫柔。由於不是在專業人士的戰鬥中，刻意互相忠告的狀況，真的是非常溫柔的態度。「就算在學校，或自己周遭吃得開，也不過是在一個小世界裡囂張而已，明白嗎？不論什麼人，都不過是活在一個小世界裡，得謙虛才行。至少要對比自己弱小的人謙虛。」兜發現這不符合他的本性，不再往下說。況且，此刻他根本是在恐嚇弱小的對手，沒資格說教。「世上沒有可不費吹灰之力到手的東西，不要再這麼做。」

他們的頭點個不停。

「還有，今天晚上的事絕不能說出去。」

陷入恐懼深淵的兩人，這一瞬間或許有所反省，但好了傷疤忘了痛，回到家可能就忘得一乾二淨。不過，兜的心思已轉向隔間裡的屍體。

「馬上出去。」他趕走少年。只見他們腳步虛浮，踉踉蹌蹌地消失。

穿紅外套的男人沒有呼吸，閉眼靠著馬桶。兜留心不碰到屍體，進行觀察。看來才遇害沒多久。

剛剛百貨公司裡發生過什麼事，又正在發生什麼事？

兜判斷回去奈野村的所在地比較妥當，走出廁所，在出口附近停下腳步，再次回望死在隔間裡的男人。他有父母，也有過童年吧，居然以這種方式結束人生。

兜懷著為他默禱的心意，緩緩眨眼，關掉廁所的燈。這時，眼角餘光瞄到一項物品，他連忙重新開燈。

回到隔間，兜在靠著馬桶的屍體腳邊彎下身，是槍。他檢查死者的皮帶，發現槍套。那不是自動販賣機維修人員需要的工具。

兜走出廁所幾公尺後，發現忘記關燈。想起妻子經常斥責他不留心電費，於是他又慌張地回頭關燈。

真是的。

踏出廁所，兜環顧四周，想在腦中整理一下究竟發生什麼事。他想起前幾天，醫生忽然和他聯絡，要他去診所一趟。

一切就是從那時起變得複雜，難道不是只有橫軸和縱軸構成的填字遊戲嗎？

兜

後面傳來一聲「三宅先生」。由於手電筒的光線，兜察覺他來到同一層樓。

「你在做什麼？」

兜回過頭，往後一仰，眼前出現罐裝果汁的自動販賣機。「我在找有沒有忘記拿走的零錢。」兜聳了聳肩，可不能小看小錢。手電筒這麼一照，感覺像是越獄的犯人，兜舉起雙手，「你兒子呢？」

「回去了。」奈野村回答，「他說臨時有急事，就回去了。」

「觀摩爸爸工作的後續就等到下次？」

兜留心奈野村的動向。照向他的手電筒燈光太刺眼，看不清楚。

「我想問你一件事。」要問的事有好幾件，不過兜還是先這麼說，奈野村卻搶先一步，「我想請教一件事。」

「請說。」兜不打算放下雙手。

「你是因為今天這樣的狀況才接下來的嗎？」

「這樣的狀況是指……？」

「如果要殺我，今天是最剛好的狀況嗎？」

奈野村的左手拿著手電筒，右手舉到頭頂，彎曲的胳臂移到耳後。他握著一把菜刀。

兜望向一旁籠罩在手電筒燈光下的樓層簡介「廚房用品・調理用具」。他感到一陣寂寥，問道：

「可以用還沒付錢的商品嗎？」

奈野村吐出一口氣，略帶遺憾地說，「果然如此。」

「果然？」

「這種情況下，還能那麼冷靜，三宅先生果然不是一般人。」

「我是文具廠商的業務。」

「那是表面上的身分吧。」

「奈野村先生的身分也有表裡之分嗎？」

「不，我不幹了。正確來說，是準備不幹了。」

「這裡的保全工作是……」

「我的最後一份工作，對方要我來這裡當保全。雖然一開始不曉得要幹什麼，不過我想到時候應該會接到指示吧。」

「那麼，今天晚上的職場觀摩，還有你兒子的事……」

奈野村皺起臉，深感抱歉似地垂下眉尾。「那是真的。」他接著說，「我兒子真的被壞朋友纏上。」

兜懷疑少年並非奈野村的兒子。從少年到老人，任何類型的人物業者都可代為安排。不過奈野村看起來沒撒謊。「壞朋友」這個字眼，在兜的耳邊縈繞不去。朋友和認識的人不一樣，他再次思索著。那麼，壞朋友和朋友不一樣嗎？

「對了，我兒子的朋友呢？」

「關於這件事，我得跟你道歉。」兜始終高舉的雙手痠痛起來，「我本來想照你要求的拍下當證據用的照片或影片，卻被他們發現。我很不成熟地責備了他們一下。」

「責備？」

「我稍微恐嚇了他們。」兜聳聳肩，「對不起。」

「如同我的猜測，兒子是聽從那些朋友的命令才來百貨公司的嗎？」

望著奈野村喪氣的神情令兜一陣心痛。「不，應該是順便吧。他確實想要看你工作的樣子，那些壞朋友卻趁虛而入。」

「三宅先生真的很溫柔。」奈野村嘆一口氣。

「第一次有人這麼說我。」兜應道，其實這也是他第一次的體驗。從這一刻起，他對奈野村的有禮口吻，混入平常的語氣。他無法判斷要以表裡哪一面和奈野村交手。

「其實我在那邊的廁所發現一個人……」

奈野村輕嘆一口氣，「那是負責維修自動販賣機的職員。聽說機械故障，他工作到很晚。」

「無法順利修好，煩悶到拿菜刀刺自己胸口嗎？」

或許是心理作用，兜覺得手電筒的光線變得更明亮，是奈野村表情放鬆的關係嗎？

「那個維修人員混進來，似乎是在預料之外。」

「預料之外？」

「我一直到剛剛才收到指示，就在我帶著兒子要開始巡邏之前。沒想到，居然是有人要來對付我，要我下手解決對方。」

「是那個維修自動販賣機的男人？」

「不是。」奈野村表情毫無變化。不，應該說是愈來愈冷淡，逐漸失去情感。「是三宅先生。」

「這樣啊。」

「三宅先生要來取我的命。」

兜是前幾天聽醫生說的。前往接受完全提不起勁的「問診」時，醫生拿出「惡性手術」的「X光片」。發現上頭出現的「腫瘤」——也就是目標情報——是奈野村時，兜不禁啞然。

「認識的人嗎？」醫生這麼問，恐怕已看穿一切。

「這個嘛……」

「這一位的工作地點和你的客戶重疊。」

兜不想繼續裝傻，沉默不語，醫生看他這樣便說，「這次結束，你就可以退休。」

「可以退休？」兜不由自主地反問。至今為止不知聽醫生講過多少次「你還必須工作」或「你需要更多錢」之類的，兜第一次聽到「只要這次結束，就可以退休」的具體說法。

「是的，只要你動完這次的手術。」

「是不是……」這種情況沒有太多可能性，「這是不是非常惡性的手術？或者，是來自大人物的委託？」

醫生並未回答。

眼前的奈野村淡漠地繼續說，「所以，當我和兒子開始巡邏店內，看到一個人影時，我以為是三宅先生。想著你果然來對付我了，結果不是。」

「是那個維修自動販賣機的男人嗎？」

像是代替奈野村點頭，手電筒的位置稍微低了下去。「很多百貨公司到了夜晚上會罩上防盜安全網，不過這裡並未使用。因為有不少人形模特兒和商品，意外適合邊躲邊移動。」

「剛剛我也這麼覺得。」

「那男人偷偷摸摸地移動，顯然是衝著我來。」

「該不會……」兜想起以前和醫生的對話，業界裡的兩極化情況愈來愈嚴重。有名的業者會接到大量的委託，變得更有名；另一方面，沒有名氣的人始終毫無名氣。就算手腕高明，也必須變得顯眼才行。為了獲得注目，必須做一、兩件誇張的事。「或有名氣的業者，為了提高名氣，自己湊過來。不對，難道是一開始就接下針對奈野村先生的委託？」

那男人為了接近奈野村，偽裝成自動販賣機維修人員來到這家店的可能性很高。這表示奈野村手腕高明到各處都有人想對付他，兜暗暗想著。

「我當時想，如果他趁我兒子在的時候出手就麻煩了。不過走到四樓時，我兒子去上廁所。」

「他不是去上廁所，是被壞朋友叫去。」

「難怪他去了那麼久，謝謝你的幫忙。」

奈野村似乎是趁這段時間解決維修自動販賣機的男人。

「那麼簡單？」

「賣場有菜刀。」他粗魯地拆開箱子，立刻將菜刀扔向對方。在深夜的百貨公司半空中飛舞的菜刀，瞬間刺進維修自動販賣機男人的胸口。

「那是兩把一套？」兜看著奈野村抓在手中的菜刀問。

奈野村無視這個問題，「總之，我將他的屍體藏到廁所的隔間裡，沒想到被三宅先生發現。」

「不良中學生進去廁所發現的。」

奈野村沉默一陣，直盯著兜。高高舉起的菜刀始終維持在頭頂。

兜並不感到恐懼，內心也沒什麼疑問，他已掌握狀況。

「或許你不相信，但我沒有打算對付奈野村先生。雖然我的確收到委託，但我不願對你出手。我來這裡，是因為約好要幫忙你兒子的事。」

「三宅先生有些地方和我很像，不管是對家人，或是對工作的態度，沒想到居然連這邊的工作都一樣。」

「實在遺憾，我真的沒打算對付你。」兜垮下肩膀，重複一次，「如果是你，應該能理解。」弦外之音是要奈野村放下菜刀。

兜非常確定奈野村不是一般業者。從醫生的話聽來，可以想像奈野村不是普通的惡性目標，但這麼互相對峙下來，兜看得一清二楚。他態度謙卑，遣詞用字客氣，卻始終留意著周遭狀況，只要瞥見可疑的行動，就會閃電般快速反應。

「雖然想這麼認為，但我無法相信你。」

所言甚是。

若是專業人士，為了讓工作順利進行，要做任何交易都沒問題。尤其是像現在這樣，對手拿著武器，自身陷入不利的處境下，講一、兩個謊話根本不難。

生和死完全不同。裡與表，天國與地獄，背叛他人不符道德，但唯有生存下來才是最重要的。在業界待得愈長久，做過愈多這種賭命的工作，便會深深體悟到這一點。

「我不會對奈野村先生出手。」兜這麼宣告，可是在這種狀況下，要相信對方說的是真心話，本來就極為困難。無法從容理性分析狀況，只能靠直覺行動。像是如果兜在此時放下雙手，做出尋找武器的動作，奈野村一定在思考之前，就將菜刀扔過來，而兜一定也會立刻往旁邊閃躲。為了活下來，身體會比大腦先採取行動，兜也不例外。

「三宅先生應該很清楚，不能輕易相信別人的話。」

是啊，兜只能這麼附和。

此時，兜和奈野村的大腦和身體只想著一件事，就是從眼前的狀況活下來。

「為了兒子……」奈野村說道，「我不能死在這裡。」

我也是，話到嘴邊兜還是吞了下去。

緊急逃生口的燈發出綠光，及微弱的渾濁聲響。

就算不確定對方是危險人物，要是有任何疑念或不安，只能先對付再說。

這是生存的祕訣，不，根本是常識。

奈野村揮動胳臂的瞬間，我就死定了。兜不在乎死亡，但無法再見到妻子和克巳令他痛苦不已。光是想像，胸口就一陣苦悶。下次一起去餐廳吃飯吧，但「下次」永遠不會到來。

這時，兜的內心湧起一股強烈的罪惡感，「至今為止，你究竟讓多少人這麼痛苦過？」他的身體變得非常沉重。

一想到至今做過的事，兜覺得再沒有比想活下去更任性的願望。

「奈野村先生，我可以拿一下自動販賣機找的零錢嗎？」兜稍微將手倒向後方，試著說，「我忘記拿零錢。」

「很遺憾，不行。」奈野村回答，全身沒有任何破綻。

不管會不會被叮，總之必須打死蚊子，等到被叮就太慢了。

能採取的行動有限，只得想辦法避開扔過來的菜刀。手電筒的明亮光線雖然擾人，兜還是屏氣凝神，注意力集中在對手的行動上。

就像西部劇一樣，互相對峙，默默感受對手的呼吸。

從維修自動販賣機的男人屍體看來，菜刀深深刺進左胸。如果奈野村是在有段距離的地方扔出菜刀，可見他有多高明。

換成是兜，會在扔出菜刀前，以手電筒燈光遮蔽對方的視野。所以，要趁光線搖晃的瞬間往旁邊撲過去嗎？什麼時候會扔過來？現在？現在嗎？還是現在？「現在」不斷流逝。為了不讓注意力中斷，除非必要，兜忍耐著不眨眼，全身保持警戒的狀態。或許下一瞬間，菜刀會刺進胸口，一切結束，連家人都想不起來，被扔進一片漆黑的虛無宇宙中。

這時，兜的手機響起微弱的簡訊通知。就對峙中的兜和奈野村來看，這是完全異常、預料之外的情況，奈野村的注意力稍稍轉移。

兜往右邊撲過去，菜刀擦過左肩。他沒有感到疼痛的餘裕，用力滾一圈，菜刀彷彿要挖出他的肉落掉下。

起身的同時，他衝向奈野村。從這一刻起，兜的腦中一片空白，身體反覆進行攻擊。他彎下身，揮動拳頭。

奈野村採取防禦態勢，往後退。

兩人無暇開口。

唯有雙方的氣息在現場交錯。

奈野村夾住兜揮過來的右手，想要扭斷。兜翻轉身體，抽出手，無視左肩的的痛楚，以左拳毆打對方的臉。奈野村跳躍似地往後一退，離開拳頭的軌道。

兜凝目細看。

手電筒掉在地上，散發的光芒照亮周邊。黑暗中的景色朦朧浮現。
奈野村發出銳利的目光，瞳孔映出兜的雙眼。他們的呼吸都變得紊亂，但奈野村的動作絲毫不顯遲緩，兜不由得喪氣。
像是響起攻守交替的訊號，換成奈野村上前攻擊，兜往後閃躲。
甚至沒有餘力確認有沒有武器可用。不知該說幸或不幸，廚房用具的櫃位恰恰在樓層的另一邊。如果奈野村又拿到菜刀，勝負就決定了吧。
兜發動攻擊，奈野村後退的同時化解兜的攻擊。
兩人宛如在進行擊劍比賽，在連接樓層的通道上來來去去。
兜察覺肩膀在流血，但完全沒想到地板上的血會害人滑倒，差點往後摔去。他撐住地面，沒抵抗反作用力，而是以迴旋踢的要領，右腳往奈野村的臉踢。
雖然奈野村滑倒，動作節奏改變，露出困惑的表情，但立刻反應過來，扭動身體，躲過兜的腳尖。
兜的腿轉一圈，直接撞倒一旁的人體模特兒。
因為發出巨響，兩人同時望模特兒一眼，停下動作。
兩人拚命的攻防戰持續著，不斷改變行動範圍，來到為新學年特別設置的櫃位。那裡擺著許多書包，也有孩童的模特兒。兜踹倒其中一具。
模特兒俯臥倒下，手臂脫離身體。

兜愣了一下，有一瞬間，他緊盯著那具模特兒，奈野村也放鬆戰鬥姿勢。

兩人的呼吸聲彷彿取得某種節奏，不斷反覆著。

俯臥倒下的人偶，看起來恍若真的孩童。

過了一會，兜靠近倒下的模特兒。近看會發現，其實是宛如西方少年的面孔，兜輕輕扶起。奈野村則撿起手臂。

兜扶起模特兒，找到原來的位置放回去。裝上手臂後，再將掉在地上的書包背在模特兒身上。

兜的腦中浮現克巳上小學時的模樣。他目送克巳那個比書包還小的背影去上學，內心深感不安，不由得暗自祈禱「請不要讓這孩子碰到任何可怕的事」，或是妻子安慰著往書包裡塞教科書，擔心忘記帶東西該怎麼辦的克巳說「媽媽會跟你一起確認。萬一真的忘記也沒關係，下次多注意就好了」。這樣的光景接二連三地在腦中出現。

兩人沉默地重新安置模特兒後，再次轉向彼此。

兜不認為奈野村能夠理解他的話。奈野村和兜同樣是經驗豐富的專業人士，「該下手時就下手，能下手就下手」的鐵則想必已深入骨髓。因此，兜說那些話並不是要阻止奈野村，而是想趁還能說話時，把真心話全掏出來。

「奈野村先生，我不想再繼續下去。」

奈野村沉默不語，但沒有繼續攻擊。

互相對峙的過程中，時間一點一滴流逝。

過一陣子，奈野村開口，「聽說三宅先生會發瘋似地對付我。」

「那是……」兜說，「錯誤的選項。」

「錯誤的選項？」

兜腦中浮現的是，前幾天克巳聽到妻子說不想去餐廳，就去富士急時說的話。

克巳對他們說明，詐欺犯往往會讓人以為只有兩個選擇。「這個和這個，要選哪一個？」、「如果不能這樣，就只能那樣」，逼迫對方在兩個選項中做出選擇。

克巳聽過壞男人向女友提出「如果和我分手，我欠妳的錢可以一筆勾銷，那就分手吧」，這種莫名其妙的二擇一要求，令女方陷入困境。

事到如今，兜才察覺，這和那個醫生說的話是一樣的。

「明明還有很多其他的選擇。」克巳遺憾地這麼說，確實如此。

如果要辭去現在的工作，必須做到能夠回收投資費用才行。

「也有兩種都令人厭惡的選項。」

前幾天讀過的小說內容浮現在腦中，「人命這回事，有時會因傻瓜大將突然改變心意，轉眼就消失了。」

奈野村一直觀察著兜的動向。這時的兜再次舉起雙手，強調自己並沒有攻擊對方的打算。肩膀的出血雖然嚴重，但多為衣服吸收，沒怎麼滴到地上。

兜轉過身，背朝奈野村，往前踏出一步。

雖然是安靜、微小的動作，兜卻覺得費盡人生至今累積的勇氣。

毫無防備的背部，隨時可能遭到攻擊。

該不會等一下就感受到菜刀刺進背部的衝擊吧？

兜又踏出一步，緩緩離開。慢慢地，一步一步。

他還有些話想說。朋友和認識的人的差別是什麼？要怎樣才能從認識的人變成朋友？

半晌後，兜悄悄回過頭，沒看見奈野村，或許他也離開了。

只有奈野村的聲音透過地板傳到兜的耳裡，「我想再多聽一些你兒子的事。」兜無法判斷這真的是奈野村說的話，還是自己的幻覺。

電扶梯已停止，兜踩著電扶梯下樓。

「奈野村先生，請記得拿回剛才自動販賣機裡的零錢。」兜想起這件事，大聲地說，「那些錢送你。」

走出百貨公司的兜，從口袋裡取出手機，確認剛剛收到的簡訊。那是妻子發來的，「克巳說要搬出去住，我想跟你商量一下，我還沒睡。」超越方才和奈野村打鬥的緊張感，瞬間竄過全身。兜心想，得趕快回信，但手指頭黏答答，無法順利操作手機。他這才發覺手上沾著血，肩膀一陣痛楚，手機掉了下去。他撿起手機擦一下後，想起克巳小時候摔倒，爬起來後拚命擦身體的樣子。

不能渾身是血地去搭計程車，兜思索片刻。既然妻子還沒睡，也不能這副模樣回去。

要說摔倒，還是被醉漢騎的腳踏車撞倒？兜思考著藉口，或許這樣妻子會稍微同情他。

不需要殺死奈野村就解決一切，兜感到幸福無比。這不就是以意志力切斷重重綑綁自身的鎖鍊嗎？

為了獲得真正的自由，兜在一週後，對醫生傳達自身的覺悟。你提出了兩個選項根本就是詐欺手法，我兩個都不會選。這句話讓醫生興起一個念頭，最後兜從八層辦公大樓的屋頂摔死。

✦

兜離去後，百貨公司一片狼藉，奈野村著手收拾，他回到模特兒所在的地方，確認有沒有任何顯眼的損壞，打電話拜託「醫生」來處理廁所裡的屍體。接著，必須確認樓層裡有沒有損壞或是被弄髒的地方，還得刪除室內的監視攝影機拍到的任何不利於他的畫面。

奈野村拿著手電筒照著地面行走的同時，稍微思考了一下兒子的問題。

兜代為教訓那些壞朋友，兒子的周遭環境或許會有所改善，但兒子本身若不是真心想改變，根本談不上改善，奈野村很清楚這一點。

真令人擔心。

但能夠擔心兒子這件事情，實在是令人感激。

搞不好，或許剛剛我已死去。如果被兜奪走性命，也不能擔心兒子。對活著這件事報以感謝，雖然很像是會被掛在某間寺廟裡的話，但奈野村切切實實感受到這一點。

準備下樓時，背後傳來一道氣息。

奈野村一瞬間以為是兜回來了，但他立刻知道不是。

回頭一看，是和他一起值夜班，大他兩輪以上的同事。對方滿頭白髮，身材中等。不論白天或夜晚，經常一副懶洋洋的模樣，此時卻眼神銳利，雙眸在黑暗中散發光芒。

發現他握著槍，奈野村才理解這男人也是要來對付自己的。

要為個人的原因辭掉工作，真是不容易，奈野村感到驚訝的同時，也不禁覺得佩服。

他忽地想起下達工作指示的男人，負責仲介的醫生。那個醫生該不會刻意設計自己和兜的對決，希望他們兩敗俱傷吧？是希望他們不分勝負，還是隨便哪一個被解決都好？總之，他或許就是想讓兩人決鬥。但兩人放棄了比賽，最後以不分勝負收尾，醫生就指示這個同事來處理了吧。

「手舉起來。」同事說道。

他不像在逞強，聲音也毫無顫抖。

奈野村後退一步，沒必要立刻言聽計從。他始終不舉起手，而是一步、兩步地往後退。

槍口始終穩穩對準奈野村的胸口。

結果就是這樣了嗎？我不過是獲得一段傷停時間嗎？奈野村鼓勵著想放棄的自己，不可以捨棄希望。

「手舉起來。」同事重複一次，走近奈野村。

「請等一下，為什麼要這樣對我？」

「你很清楚吧。」

「不，我真的不知道。」

「如果解決你，他們就會對我刮目相看。」

「什麼意思？」

「我上了年紀，現在只接得到聯絡人之類的工作，殺了你，多少可以證明我還是現役。」

「請等一下。」奈野村懇求。

「不行。」

「請等一下，我只有一個願望。」

「什麼？」

「我得拿一下自動販賣機的找零。」因為一直後退，奈野村的身後就是自動販賣機。

「找零？」

「剛剛買東西找的零錢。」

「在這個關頭，居然還說什麼找零。明明死了也不能用。」同事笑道。

「因為我很在意。」

「我知道了。只有找零的地方，你別想輕舉妄動。」

同事這麼說，奈野村大為感激。

奈野村心想，他和這個同事的差別或許就在這裡。對方必須從第一線退下來的原因，不是年紀，而是粗心大意吧。就算兜那樣拜託，奈野村也不讓兜把手伸進去零錢口，因為不能讓對方取得主導權。

奈野村背對著自動販賣機，右手伸到身後，手指伸進零錢口。

他沒有證據。

然而，此刻只剩那個地方有希望。

手指碰到零錢口裡的物品時，奈野村一時無法確認究竟是什麼。他以指尖稍微觸摸，必須確認形狀。

「到底有多少零錢？」

奈野村對同事點點頭，「你幫了我大忙。」

右臂伸到身前的同時，奈野村開槍。

那是小到可藏在掌心的手槍。這是奈野村第一次碰到實物，不過裡頭有子彈。

短促銳利的聲音響起。

那是號稱只有拇指大小，但確實能夠殺人，海外製造的迷你手槍。

同事的額頭開了個紅色的洞，他直挺挺往後一倒。

奈野村輕輕吁一口氣。三宅先生果然厲害，優秀的業者會做好各種準備。思考失去武器時該怎麼做，事前藏好工具，是確認工作現場後的基本作業。光是藏好槍械或刀具，就可能扭轉情勢，所以他才會在很難發現的地方藏這把迷你手槍吧。

三宅先生，你真的幫了我大忙。

奈野村心想，下次見面時，一定要直接向他道謝。或許會花上不少時間，不過，要是能回到以前那種比較熟的人的關係就好了。

FINE

克巳

明明是重要考試的當天，卻完全沒準備，甚至還遲到。想說至少在去學校的路上，盡可能默背課本上的內容，可是不論怎麼翻，每一頁都是空白。上學路線也在施工中，怎麼樣都抵達不了學校。正當內心焦躁不已的時候，克巳睜開雙眼，看一眼時鐘，早上八點了，完蛋，上班要遲到了，今天早上要開會！他從床上跳起來。

「爸爸。」兒子大輝站在房門口，說著「媽媽，爸爸起床了」跑向他。他按下手機的按鈕，確認日期。

「我還以為是星期一。」克巳苦笑著走到客廳，妻子茉優語帶調侃，「你這麼喜歡公司嗎？對了，我今天一定要去美容院一趟。」

「啊，好。」妻子平常都得和剛滿三歲的大輝一起生活，很難有自己的時間。之前頭髮愈來愈長，她便一直說雖然沒想要燙髮，但至少要剪短。

兒子全神貫注，克巳看著他，一邊盯著喜歡的動畫節目，一邊吃早餐。剛瞥見妻子拿著要洗的衣服來來去去，接下來就發現她在洗碗，眼睛一眨，她已打開吸塵器。妻子彷彿有三頭六臂，目睹她活躍的模樣，克巳忍不住擔心自己真的可以這麼悠哉嗎？然後，他想起父親。當父親察覺母親為家事忙碌，心情惡劣的時候，便會變得畏縮，不知該怎麼辦，戰戰兢兢的結果是舉動顯得可疑，最後還是讓母親生氣了。

「對了，克巳，媽媽之前打電話來，問年底你會不會去幫爸爸掃墓？」

茉優這麼說道。現在才秋天，就在講年底的事嗎？我們為工作和育兒每天都忙碌不已，被提醒那麼久之後的事，多少會有些不快，不過，或許這對她很重要。「打個電話吧，她沒什麼精神。」

怎麼可能，這幾年母親沒去看身心科也能正常起居，第一個孫子的出生想必有不小的影響吧。她很久不需要定期服用處方藥，克巳完全放下心。難道是哪裡疏忽，發生問題了嗎？他憶起父親逝世後，母親面無表情，只剩呼吸的模樣。萬一又變成那樣……克巳一陣恐懼。

「怎麼啦，你似乎很擔心？」電話那頭的母親聽起來一點問題也沒有，克巳安心的同時，又覺得有點失望。他本來打算要早退，回老家一趟。

「呃，茉優說妳沒什麼精神，我有點在意。」

「沒有精神啊，那是當然，因為丈夫在十年前自殺了啊。」既然能開這種親人都不知道該不該笑的玩笑，表示母親振作起來了吧。大家常說，能夠治療失去至親傷痛的藥物只有時間，十年也不算短了。如果一想到父親就痛苦，不如更頻繁地提到他，或許能麻痺傷痛，這可能是母親最後思考出的應對方式。

「跟往常一樣，年底我應該會回去。」

「大輝也一起吧。」

我變成孫子的附屬品了。「是啊。生活上有沒有碰到什麼問題？」

「對了，其實……」母親的聲調變了，「最近忽然有個年輕男人來家裡。」

「年輕男人，挺不錯的。」

「他來家裡的原因很奇怪。啊，前幾天和茉優通話時，我一直在想這件事，她才覺得我沒精神吧。茉優直覺十分敏銳，克巳，太小看她，外遇會被抓到。」

「為什麼要用這種我有外遇的口氣？」

聽到克巳這麼說，母親一陣沉默，正想開口呼喚她時，她明顯無精打采地冒出一句，「你爸應該是被我懷疑外遇，才會那麼做吧。」

「這是什麼意思？」克巳對著電話，口吻強硬了起來。

快告訴我從沒聽過的新作品內容！雖然不是這麼回事，我還是在下班後，從公司回埼玉的公寓途中下車，去了老家一趟。

母親一臉自在地嘲弄我，「你那麼在意父親外遇的話題，該不會真的外遇了吧？」

雖然不高興，但我沒打算反駁，「老爸，那時候真的在外遇嗎？」

老爸，真的嗎？我望向設在客廳的佛壇，朝著遺照問。

「記得是那天的前一天，我早上稍微責備了你爸。他公司的女職員傳簡訊來，我問他和對方到底是什麼關係。」

「女職員傳來的簡訊？老媽看了嗎？」

「偶然看到的。」

「偶然？」

「對，偶然。」母親說道，「那天晚上，傳到他的手機。因為簡訊通知太吵，我去關掉。心裡有點在意，我就看了。」

真是意外。我從小學就發現父親總是很在意母親的言行舉止，但不覺得母親在意父親的狀況。「結果呢？」

「我問他是怎麼回事？」

「妳質問他？」

「不到那種程度。不過，那天你爸剛好請特休，我懷疑該不會……」

「因為妳懷疑他外遇？」

母親臉色黯然，我一陣焦慮。我只是半開玩笑，就像拿著前端是圓形的棒子輕輕戳一下，但從母親的角度看來，或許是被戳中快結痂的傷口。

該不會父親死後，母親陷入低潮，甚至去看醫生，和這件事有關？由於讓父親煩惱到這種程度，她心生罪惡感？

「可是，老爸真的外遇了嗎？」

「他那一型，意外受歡迎。」

「不，就算他很受歡迎……」從小看著父親對母親戰戰兢兢的模樣長大的我，還是難以相信父親會做出這麼危險的行徑。不過，我也覺得在戀愛、性慾的領域中，確實有理性和冷靜的判斷無法觸及的一面，因此人類的歷史上才會發生各種事件和戲劇化的場面。「到底是怎麼回事？」

「外遇嗎？」母親似乎一口氣變得蒼老，我像是打開潘朵拉的盒子，問了不該問的事。「當時，你爸說大概是傳錯人。那個女孩打算傳給別人，卻弄錯對象之類的。」

「真是糟糕的藉口。」

「我也這麼認為。」

看來，母親在父親死後，確認這個糟糕的藉口是真的。她沒詳細告訴我，但或許是對方後來傳簡訊跟父親道歉。

「對了，有個年輕男人來家裡，又是怎麼回事？」

「我說了『年輕』嗎？」

「妳說了。那是怪人嗎？還是來推銷的？」

「他忽然來家裡，報出你爸的名字，問『妳先生在家嗎？』」

「他要見老爸？」

「對，一開始我以為是你爸的私生子。」

「幾歲？」

「二十歲左右。」

母親從掛在小桌旁，用來裝明信片的盒子裡，拿出一張小紙片。我現在才發現那個盒子是我小學美勞課的作品，上頭以雕刻刀加上一些裝飾，居然像是現役選手般放在那邊。雖然可能是沒有新的選手可用，但我還是有點感動。「他給了我名片。」母親說。

我拿起一看，頭銜寫著「健身房教練」，名字是田邊亮二。

「他為何要見老爸？」

「我覺得很不愉快，便把他趕回去了。」

「妳沒聽他解釋？」

「我怎麼可能聽他解釋。」

「怎麼辦呢……」

「話說，你也長得好大了。」

「什麼？」

「克巳也當爸爸了，時間過得好快。」

「妳講話牛頭不對馬嘴啊。」倒不如說，我開始擔心這是失智的前兆。

「你和你爸愈來愈像了。」

亮

田邊亮二的體格非常符合健身房教練的身分。頭髮自然蓬鬆，看起來像爽朗的大學生。「很高興你願意見我。」

「嗯，這個嘛……」我含糊回應。妻子事前警告我，不曉得對方是誰，極有可能被勸誘加入奇怪的團體，要我務必小心。

「呃，請問你到底為什麼要去我老家？」

「我突然跑去，害令堂感到不安，實在抱歉。」

令堂，這個稱呼讓我有點在意。「不，倒是也沒感到不安……」

「滿難說明的，我只是想告訴她令尊的事而已。總之，說來話長，沒關係嗎？」

我當然不能說有關係，只好拜託他盡量簡潔。「我知道了。」雖然他這麼說，不過他的話真是長到令人驚訝。從他毫不起眼的小學時代，到個性逐漸變得開朗，為了鍛鍊身體而開始熱中手球的青春期，接著是因運動能力出色，獲得推薦入學的大學生活，簡直像婚宴的新人介紹，滔滔不絕地扯了好長一串。我不禁暗想，難不成是希望我幫他寫傳記？

「我現在是健身房教練，日子還算過得去，就只是過得去而已。」他講起目前生活的不滿和不安。如果有遙控器，我真想快轉這一段。「然後，我最近去東京都內著名的占卜店，想知道我的人生要怎麼更上一層樓。」

「更上一層樓嗎……」

「占卜師問我，是不是以前有什麼沒完成的事？明明有非做不可的事，卻一直放著不管。」

對雙眼發亮的田邊老弟實在不好意思，不過，這顯然是可疑算命師的老套手法。問上班族「人際關係讓你很疲倦吧」，大概有九成機率正中要害。如果告訴對方「你應該也有容易害怕寂寞的那一面」，聽的人會覺得自己確實有這麼一面。而且，對方和田邊老弟的交談中出現「什麼」、「以前」、「沒做完的事」等抽象的字眼，再以抽象的方式拼湊起來，有太多可以解釋的方向，簡直是曖昧字眼的國王。

「然後，我想起一件非常誇張的事。明明十年之間都忘得一乾二淨，卻在那一瞬間想起。」

「終於要講到和我們家有關的事嗎？」

雖然我這樣挖苦他，他卻毫不在意地點頭，甚至露出微笑，「對，那是十年前，我還是讀六年級的小學生。那天我沒去上學。剛才說過，我完全無法融入學校的生活，總是隨便亂晃打發時間。當我在閒晃時，一群年紀比我大、很恐怖的人圍住我。雖然年紀比我大，應該只是中學生。他們叫我把零用錢交出來。」

我實在不懂他想表達什麼，壓抑著內心的不耐，裝成感興趣的樣子，點點頭，「那是恐嚇吧。」

「我怕得要命，不曉得該怎麼辦。這時，一個男人過來幫我趕走他們。」

怎麼可能，我這麼想著，但田邊亮二說，「那就是令尊，克巳先生的父親。」

「我老爸？」我無法想像他撞見不良少年的恐嚇現場，然後採取那樣的行動。雖然是具有一般常識的上班族，但要說他具有如此強烈的正義感，我實在沒印象。不過，他非常在意公平與否。他經常告訴我，雖然不知世上什麼才是對的，還是要採取公平的態度才行。

「他要離開的時候，從口袋裡拿出糖果給我，不小心把這個掉在地上。我撿起想交給他時，已找不到人。」

他從皮夾取出一張小卡片，非常老舊，長方形的四個角落都破破爛爛。

那是醫院的預約卡，上頭寫著父親的名字。

「我那時候就把這張帶回家了。」

如果只是預約卡，醫院可提供新的給病患，談不上是什麼貴重物品。

田邊亮二露出告白罪行般的表情，「因為我還是孩子，雖然想著必須還回去才行，卻什麼都沒做。」

「這樣啊。」

「聽到占卜師這麼說時，我立刻知道人生一直這樣平凡無奇，就是因為這件事。」

我猜想，田邊老弟應該是認真地接受占卜師的建議，在家裡翻箱倒櫃，想知道有什麼「還沒做完的事」。他認為那個萬惡的根源一定就在某處，找尋的過程中，發現這張預約卡。

不管怎樣，他應該知道在十年後歸還當時未能歸還的預約卡，人生也不可能有任何戲劇性的轉變，畢竟人生沒這麼單純。但田邊老弟的雙眼，浮現純潔無垢的光芒，那是相信「人生意外單純」的人，才能散發出的光芒。

「讓你特地跑這一趟，」總之先道謝準沒錯，「真的非常感謝。」

「不，這麼一來，我就安心了。」像是撕下封印的符咒，田邊老弟看起來彷彿要說，接下來我的人生就是一片玫瑰色。

田邊老弟的開運儀式到此結束，我將收下的預約卡翻到背面一看，事情發生一點變化。「啊，這是隔天……」我忍不住脫口而出，因為我發現上頭寫的預約日期。

「隔天，什麼的隔天？」

我父親去世的隔天。我接著說，他在預約日的前一天自殺。

田邊老弟愣住，「咦，令尊自己……」

「對，他自己……」從大樓跳下。

「前幾天聽到令堂說令尊已去世，我以為他是病逝。」

「如果是這樣，我們應該會比較……」我沒繼續往下說。若問因生病失去家人，跟因自殺失去家人，哪一邊比較痛苦，我認為同樣痛苦。

「咦，請等一下。這麼說來，我遇到令尊的那一天，他就去世了嗎？」

「是嗎？」

「撿到這張卡的時候，我確認過預約的日期，記得當時我還想說是明天，必須立刻還給他，不然他會很困擾。」

我盯著田邊老弟，難道他是父親死前見的最後一個人嗎？

「真是不敢相信。」他說。

「我們也是。」

「不，我不是那個意思，我是真的不敢相信。」

比身為家屬的我們更不敢相信嗎？

「因為令尊對我說的話，我記得很清楚。」

「我父親的話？」

「對，他告訴我，當小孩會有許多辛苦的地方，不過你要加油。」

然後，他老實告白沒有朋友，父親笑著回應「我也沒有」，繼續這麼說，不過，我現在過著幸福、充實的日子。

「我無法相信，對我這麼說的人後來就去死了，而且……」

還從大樓跳下來。

直到方才，我都是一頭霧水。這一瞬間，我覺得一切都變得清晰。

母親一直很後悔懷疑父親外遇，甚至為此責備他。她認為父親被懷疑根本沒做的事，母親又根本不接受他的說明，大受打擊，才選擇自殺。我幾乎要接受這個看法，可是仔細想想，父親根本不會為這種事情自殺。

不說明任何事實，母親還在生氣時，直接消失無蹤，根本不像父親的作風。父親不是總害怕著母親嗎？就算他死掉，一定也還是會窺看母親的臉色。就算要死，也一定會想辦法還自己清白。

雖然這想法毫無邏輯，但我愈來愈堅定自己的想法。

在這十年之間，我懷抱著一口塗滿悲傷與後悔的顏色的箱子，說不定裡頭裝的東西和我一直認定的根本不一樣。

我向田邊老弟道謝。

雖然他露出還有話想說的表情，但我帶著坐立難安的心情，當場離開。

父親究竟為什麼會死？

克巳

「三宅先生，這條腰帶也要洗嗎？」

我家附近不知為何有許多洗衣店，幾乎可說是群雄割據的洗衣店戰爭，不過真的會這麼說的只有妻子和我。各店的位置和距離都差不多，每個家庭根據不同的需求，決定要去哪一間店消費，像是有沒有集點卡、服務態度好壞、交貨迅速與否等等。

我家一向是去小花洗衣店，純粹是因看板上的油菜花圖案十分可愛，兒子經常指著那圖案的關係。此外，店員的服務態度，洗衣的水準及價格都令人相當滿意。

「腰帶？」

「這件外套的腰帶可拿下來另外處理，不過需要額外收費。」

「原來如此。」我沒多想就回答，「那就麻煩你們另外處理。」

「我知道了。」如此回答我的店員似乎是這裡的老闆，看起來將近五十歲。態度親切爽朗，頗為健談。

付錢走出店外後，腦海掠過父親的事。小時候，我曾跟著父親到洗衣店，當時發生類似的狀況。

當時，父親將母親的外套送洗，店員告知處理腰帶會另外收錢，問父親要怎麼辦。父親和方才的我一樣，雖然請對方幫忙清洗腰帶，但立刻煩惱起來。關鍵的原因是，無法判斷如果要多給錢，是不是別洗比較好？可能是擔心之後萬一被母親責備「要另外收錢，為什麼還洗？」吧。另一方面，如果不洗腰帶，也害怕母親會挖苦「怎麼可以只有腰帶是髒的，反正你一定認為是我的外套，所以無所謂」。雖然我還是小學生，但我已察覺父親在意母親的情緒過了頭，才會建議他打電話問一下。不過，我忘記是母親沒接電話，還是父親覺得連這種小事都打電話，說不定會惹母親生氣，總之問題沒解決。最後是父親自己出了清洗那條腰帶的費用。「克巳，事情很簡單。」父親一臉滿足地對我說，「如果媽媽覺得省下那條腰帶的清洗費比較好，就不必告訴她腰帶會另外收錢。」

我覺得母親根本不會在意腰帶的清洗費，看到父親總是這麼害怕母親，內心感到非常不可思議。

「你爸大概是不曉得該怎麼和人往來的小孩吧。」妻子以前這麼提過。我們結婚的時候，父親已去世。她聽完我搞笑說的父親往事後起了共鳴，「我童年也沒什麼朋友，能夠體會他的心情。所以，等到有了重要的人，會很擔心對方為一點小事就離開自己。」

「不，我覺得老爸沒想那麼多……」我認為他只是那種被妻子騎在頭上，怕老婆的男人。

兒時的我曾覺得結婚生子後，或許就能理解父親的心情。不過，現在與其說對父親的心情有所共鳴，不如說更常為父親害怕母親的程度，感到目瞪口呆。

如果父親不是自殺？

煩惱到最後，我沒跟母親全盤交代田邊老弟說的事。我不認為事到如今應該要再談論父親的死亡，何況就算如此，結論依然曖昧不明。不過，母親還是問我「那個叫田邊的人，跟你說了什麼？」什麼都不透露，只會徒增她的煩惱，所以我只告訴母親，父親在田邊老弟發生危險的時候救了他。母親聽完，驚呼一聲，眼角微泛淚光。

在我心中，對父親的死亡抱持的疑問愈來愈膨脹。

父親不可能自殺。這十年來，我始終這麼想。然而，父親自殺的現實就在眼前，我只能否定自己的想法。

雖然不到母親的程度，但父親的死也對我造成極大的打擊。和父親一起生活的我，為什麼無法察覺父親想自殺的心情？無法阻止父親自殺的愧疚一直壓迫著我，於是我度過一段十分鬱悶的日子。直到死去之前，父親的樣子都沒有變化，也就是說他死前的狀態一直持續著——跟我相處的時候那快樂的模樣。來找我閒聊的時候，他的內心都很痛苦嗎？這麼一想，我就不知道究竟該相信什麼，懊惱不已。我不像母親那樣必須去看身心科，是因能和茉優見面的關係。若非如此，我可能會和母親一起上醫院。

父親不是自殺嗎？那他為什麼會死？

我在網路上搜尋後，發現那間診所還在。忽然打電話去問「你們記得十年前在這裡看診的三宅先生嗎？」只要對方覺得我可疑，一切就結束了。

當我煩惱著不知該怎麼做時，我來到診所前面。我是在跑業務的途中繞過來。正確來說，是規畫了能繞過來的路線。診所位在大樓的三樓邊間。看板上寫的診所名稱和預約卡上的一樣，所長也沒換人。這裡有內科和循環系統科，父親到底是為何種疾病來這裡？

不，更大的疑問是，父親為什麼要來這家診所？

老家附近就有固定去的醫院。一開始，我以為從父親公司過來很方便，但這裡距離父親的公司頗遠。莫非是能夠進行特殊檢查的醫院？可是，怎麼看都只是普通的開業醫師的診所。

為什麼來這裡？

是工作上的往來嗎？父親是文具廠商的業務員，可能是這家診所使用公司的文具，所以父親可能是負責這裡的業務。若是生了小病，就請這裡的醫生看診嗎？

「請問有事嗎？」

傳來一道話聲。對方是穿帶有淡粉紅色的白衣，明顯是診所工作人員的女子。她的年紀和母親差不多，抬頭挺胸，站姿優美。看樣子，她似乎剛從外面回來。

「呃，那個……」就算蒙混過去，事情也不會有進展。「其實，我父親十年前曾來看診。」

以為她會覺得我很可疑，沒想到她冷靜地問「這樣啊，是哪位呢？」反倒令我感到有些困惑。「可是都十年了……」

「十年前我就在這裡工作。」她答得乾脆，聽來有些冷淡。「我的記憶力很好。」

我的腦海浮現「機器護士」的形容。

我大概是不知不覺地把預約卡遞給她。「三宅先生啊，真懷念。」她看著名字這麼說，雖然一點都不像在懷念，但也不像撒謊。實際上，撒謊對她也沒任何好處。

「我想知道父親的事。」

「想知道？你不知道父親的事嗎？」

「我最近才找到這張預約卡，然後這裡寫著預約日期……」

「喔，現在的預約卡已改用比較硬的材質。」

「父親在這個日期的前一天去世了。」

她沉默地盯著我，有種被她的視線拍下X光片的感覺。

「父親自殺了。」這不是什麼開心的話題，但眼前的她不論聽到什麼，似乎都沒動靜。「因此，我十分在意他當時生什麼病。」

「他是生病自殺嗎？」

「我連這一點都不知道。」

「你可以等一下嗎？」她輪流看著我和預約卡半晌後，走進診所。如同被問「可以乖乖的嗎？」的孩子只能乖乖的一樣，被問「可以等一下嗎？」的我，也只能等了。

「三宅先生嗎？因為是十年前的事，不保證記得清楚。不過，我還記得一些事。」

坐在我對面的醫生，看起像是五十歲，也像是七十歲。他一頭全白短髮，下垂的臉頰不是皺紋和老化的關係，反而好似刻意用雕刻刀雕出來。他的眼神銳利，坐得直挺，只有語氣聽起來很溫和。跟一開始向我搭話的女性工作人員一樣，帶著一絲機械感。

雖然是診療時間，對方仍把我帶進診間，和我交談。難道不會造成其他患者的困擾嗎？或者，就算沒有患者，會不會還是違反什麼法律？我不安地垂下肩膀，醫生彷彿看透我，解釋「現在是休診時間」。

像是拿著超音波檢查的工具，他的視線傾注在我的臉上。

「你很像你父親呢。看著三宅先生，我就想起你父親的樣子。」

「我父親是來看病，還是為工作來的？」

醫生沉默地看著我，彷彿要宣布我罹患重病，我一陣緊張，「工作指的是……？」他短短問一句。

「父親是文具廠商的業務。」

「喔，那邊的。」

「那邊的？啊，是的，我父親是業務。」我看著醫生的桌面，似乎沒有父親以前公司生產的筆。

「令尊是來看病。」

「他哪裡不舒服嗎？」

「本來是不能告訴你的，不過也不是什麼大問題。我就是開一些腸胃藥、頭痛藥給他。」

我從不認為父親是罹患重病才選擇自殺，不過，看來這條線索也消失了。

「可是，這裡離父親的公司和家裡都相當遠，我有點在意他為什麼要來這裡？」

「事到如今才在意？」醫生的口吻非常冷漠。

我不禁覺得，他是在責備我放任事態惡化。「我恰巧發現預約卡，所以有點在意。父親去世的隔天，就是預約診療日。」

我應該要說什麼？總不能說，為了緬懷他，我想探訪值得紀念的地點。

醫生看著我問，還有什麼在意的事嗎？我有種接受他看診的感覺。沒想到，他對我說「非常謝謝你。我第一次碰到這種事，感覺很新鮮」，就這麼結束了。他看起來像是冷靜沉著的研究者，卻絲毫沒有研究者不可或缺的好奇心。

起身準備離開診間之際，醫生叫住我，「抱歉，請問你父親有沒有跟你說過什麼？」

「說過什麼？」因為我是父親養大的，他跟我說過許多事，大部分是關於母親的抱怨。不，與其說是抱怨，更接近喪氣話。雖然想這麼回答，但我知道醫生問的不是這個。

「大概是十年前吧，他告訴我有東西想留給兒子。」

「想留給我的東西？」

「如果你不知道是什麼，也沒關係。」

走出診間時，候診室沒有人影，顯得有些陰暗，或許是關掉了幾盞燈吧。我甚至開始懷疑，這間診所真的還在營業嗎？

我煩惱著該不該結帳，但坐在窗口的女子向我點點頭，所以我小聲道謝後，快速離開。

在下樓的電梯裡，突然發覺醫生沒問我父親是生病還是意外去世，難道我主動跟他說了嗎？

克巳

「怎會這麼突然？」

「才不突然，都過了十年。」雖然我這麼回答，但母親想說的應該是「都放著十年不管了，為什麼忽然這麼做」吧。

週末，為了調查父親的房間，我回到老家。十年前的父親在想什麼？他是否思考過死亡，又或是什麼都沒想？不曉得有沒有可以得知父親對死亡看法的線索？

於是，我給了母親一個曖昧模糊的說明，「最近和田邊老弟談過後，我突然想整理一下老爸的房間。」

這十年來，母親從來沒想過要進去父親的房間。

雖說是父親的房間，但也不是什麼像樣的地方，只是改裝過的儲藏室而已。

對了，真是令人懷念。

大概是我念中學的時候吧，父親忽然憧憬擁有自己的房間。考量到屋齡，差不多可以翻修了，父親情緒高昂地這麼主張。然而，平民的聲音難以上達天聽，就算傳上去，頂多批准妥協方案。母親認為翻修費應該用在孩子的教育上，如果需要房間，就稍微改裝一下儲藏室。父親立刻拍手叫好，「這個主意真是太棒了，我怎麼沒想到？」

在當時的我眼中，看到這種反應的父親，腦中就會浮現「牆頭草」這個字眼。嚴格來說，並非如此。所謂的牆頭草，指的是會判斷形勢，挑選有利的立場；但就算母親陷入極端不利的立場，父親仍會遵從母親的意見。

像是看棒球賽轉播，當判決是「壞球」時，如果母親不滿地說「才怪，明明就投進好球帶了」，父親一定會配合母親，「真誇張，怎麼看都應該是好球，裁判到底在看哪裡？」要是母親改說，「不過，果然還是好球。」父親也會自然地改變意見，「對啊，真是驚險，就這麼擦過好球帶的邊緣。」我多次目睹這種情況。

聽到我提議要整理父親的房間，母親或許覺得確實也該整理了，所以不像幾年前那麼情緒化地反對，而是說著「如果有可以丟的東西，就丟這裡吧」，把垃圾袋遞給我。

整理本身並不困難，說是房間，不過是稍微大一點的儲藏室，不需要花太多時間收拾。確認過櫥櫃裡的東西後，我把要留和要丟的東西分開。

每找到一樣東西，我就會想起和父親相處的時間，內心充滿感慨。整理完這一樣，下一樣又再度刺激我和父親的回憶，這麼反覆下來，完全沒有進展——然而，沒發生這種事，我淡然地進行整理作業。本來父親的所有物就沒有可以刺激我內心的東西，大多是一些乾燥無味的物品，包括從公司拿回來的磁鐵、長尾夾等備用品，及公司資料之類的。

當我開始覺得這不過是一般的儲藏室時，發現像是藏在沉重紙箱後面的紙袋。好不容易將紙箱搬到外面，我拿出那個袋子確認內容物。

首先是圖畫紙。我還以為是什麼，攤開一看，是一張蠟筆人物畫，旁邊用很醜的字寫著「爸爸，謝謝你這麼努力」。這是我小時候畫的嗎？我沒印象，不過大概沒錯吧，父親竟保存下來。

接著，是三本大學筆記。封面以粗魯的字跡，寫著用來表示冊數的數字。

翻開一看，裡頭滿是父親的字跡。看起來，像是考生或大學生詳盡的上課筆記。我以為是父親年輕念書時的筆記，一讀就立刻發現不是那麼回事。

「問『為什麼生氣？』，如果回答『我又沒在生氣』，基本上就是在『生氣』。」

宛如格言的內容。不過，與其說是格言，更接近具有實踐性，生活智慧之類的內容，總之很接近指導手冊。原本猜想是父親在文具廠商工作時的客訴對策，但讀到「必須配合對方的話給出誇張的附和。如果不是太大的問題，通常不會因過度反應惹對方生氣」，或是「只要是對方做的菜，不管什麼味道，都不可以只吃一口」之類的描述後，我看出這是針對特定對象的溝通技巧。而那個對象，毫無意外就是母親。上頭寫滿在母親面前，應該怎麼表現的技巧和智慧，甚至附有流程圖，詳細記載母親對自己的言行舉止採取何種反應。

我當然知道，父親始終非常在意母親的脾氣，但萬萬沒想到他居然如此認真研究。

不，我不曉得該不該稱為「研究」。

虧他能做到這個地步。

同時，我也想起，他窺看母親的臉色整理餐桌，深夜回家時把起來上廁所的我誤認為母親，立刻挺直背脊道歉，說著母親做的菜「超級好吃」，塞滿嘴的模樣。

我當時想，不需要這麼努力啊，現在仍舊這麼認為。我再次攤開剛剛那幅畫，「爸爸，謝謝你這麼努力」的文字映入眼簾。

我花了好一段時間才發現自己在掉淚。明明應該要笑，真奇怪，連自己也感到困惑。我明明打定主意不哭，雙頰卻乾不了。

眼前一片模糊，我繼續讀著那些筆記。許多地方都讓我大笑，但我滿心只有一個想法，就是想再見到父親。

我甚至感覺，最近好一陣子沒和老爸見面，或許是我始終對父親的死亡沒有實際感受。

其他還有什麼嗎？我又搜尋一番，找到一張寫著「兒童樂園開幕！」的海報。父親打算去那裡嗎？

最後，我發現一只小信封。該不會是離婚證書吧？打開一看，一把鑰匙滑落。

「當時老爸是不是在哪裡租了倉庫？」

整理完房間，我提著垃圾袋下樓，向待在一樓的母親問道。

「倉庫？」母親皺起眉。

我當然可以老實報告找到一把鑰匙，但萬一母親又胡思亂想，認為那是外遇對象住的公寓鑰匙之類的可不妙。

「因為沒有什麼東西，像是我以前看過的獎盃也沒有，我想該不會是收在哪裡吧？」要隨口捏造真是不容易。由於是從顯眼的貴重物品聯想，我說了「獎盃」，其實根本沒看過那種玩意。

「什麼獎盃？」

「我也不知道。」可能是怕老婆大賽之類的。「不過，老爸名下應該沒有倉庫或公寓吧？」

「我們哪有那個錢。」母親似乎眺望著空中飄散的塵埃，「提到這個，就是那個啊。」

「那個？」

「你不是說過嗎？」

「我？」萬萬想不到矛頭會朝向我。

「你說想一個人住。」

「啊，我想起來了。」進入大學後，搭電車上學非常麻煩，我經常很晚才回到家。

我的確想租一間公寓，也和母親他們商量過。當我積攢一筆打工錢，打算正式找房子時，父親去世了，最終我還是沒搬出去。

「你爸很認真地考慮。」

「認真考慮什麼？」

「為你找一間好房子。」

「他又不是房仲。」這麼一提，我似乎在父親生前對他這樣說過。

「克巳，如果你要自己住，想住哪裡？」克巳一臉睡意地從二樓下來時，我這麼問他。

「咦？」

「你昨天又很晚回來，不是嗎？你之前不是講過，從學校回家挺麻煩？你上的大學確實頗遠，和朋友出去也不能太晚回來。」

「不想跟他們一起混的時候，就能藉口要趕最後一班車先回家。」

「我幫你找找有沒有好的物件吧。」

「物件？」

「就是公寓、大樓之類的。」

「老爸，你從什麼時候開始當房仲？」

克巳看起來是把我的話當成毫無根據的玩笑，沒放在心上。

但我是認真的。兒子離開家裡當然會感到寂寞，但同樣住在東京都內，要見面並不難。況且，要是我和妻子都認為可以一直和克巳生活，反倒更恐怖。既然克巳總有一天會離開這個家，現在正是好時機。

「為什麼？」我告訴妻子這件事，她挑釁似地問，「從家裡去上課哪裡不好？」

「沒什麼不好，只是他遲早會搬出去。既然如此，比起找到工作才搬出去，當學生時就搬，時間上比較充裕，出社會後他也能習慣自己住。」

「也對。」

我不是真心認為自己的意見是正確的，克巳想過哪種生活，由他決定就好。實際上我的考量是，或許需要一個和自家不一樣的避難地點。

兩天前，擔任夜班保全的奈野村，抓著菜刀和我在百貨公司對峙。

之後我聯絡醫生，向他報告手術中止。

「為什麼？」

「我決定不做了。」我重複好幾次，心情從未如此清爽。

醫生照例沉默一陣，比往常更低沉地回答，「是嗎？」沒說要是想辭掉工作，我必須再做一些工作。這是所謂的事不過三嗎？或許他認為事到如今，沒必要再親切地提醒我「關於退會的注意事項」吧。

若是前陣子，我恐怕會害怕波及家人，老實聽從醫生的話。

為了辭掉工作，你不再多賺一點是不行的。醫生總是這麼說，但我終於察覺，沒必要聽他的話。醫生和我之間，只有單純的生意往來，我們的立場是平等的。

除了醫生的提案，應該還有其他選項。

早晨的情報節目播放著某個喜劇演員想從經紀公司獨立，但交涉破裂，兩邊陷入爭執的新聞。對經紀公司來說，花了大把時間和金錢將毫無名氣的演員培養成材，在終於可獨當一面時，居然想離開公司？或許確實會因此感到不滿。不過，我很清楚，這跟自己與醫生的關係不一樣。

我不是想獨立，也不是想跳槽，只是想退休。況且，我和新進員工或演藝圈新人不一樣，我一開始工作就有良好的結果，替負責仲介的醫生帶來豐厚的利潤。他總是主張花費很多錢，我也接受他的說法，但仔細想想，那麼多錢到底都花在哪些地方？

「逃生梯在這裡。」

房仲——或許是偶然吧，他似乎也叫布藤（註）。聽到布藤先生的話聲，我才回過神。

抬頭一看，我恰恰正好站在公寓的通道。

他正在帶我看房。這棟建築讓人感受到屋齡三十年的氣派，採光也不太好。由於地點不佳，房租相當便宜。

他打開玄關大門，我走了進去。

「是您要搬家嗎？」布藤先生大概三十五、六歲，看著我填寫的資料，這麼問我。

「如果有不錯的物件，我會考慮。其是我兒子想自己住，雖然他還是學生。」

請問他的學校在哪裡？「離這裡有點遠。」我回答。

「沒辦法從這裡上學吧？」

「不會的，因為地球是圓的。」布藤先生似乎覺得自己講了一個聰明的笑話，但就算地球再圓，如果走錯方向，怎麼走也走不到目的地，我不知該怎麼回應。

房屋本身的狀況無可無不可，不，其實不可的地方多不勝數。但從屋況不佳、房租便宜這一點來看，我沒有太大的不滿。不過，我完全沒有克巳看到這裡，會向我道謝的預感。

我想起妻子的話，「我並不是希望你們感謝我，不管是家事，或是家長會的事。不過，如果你們認為我做這些是理所當然，我也會讓你們知道我的想法。」

再怎麼樣，克巳都不會認為，父母替自己準備一間公寓是理所當然，但要是他不高興，我會感到寂寞。如果他勉強露出開心的表情，我會更痛苦。

「沒有離學校更近一點的嗎？」

「那樣的話，房租會變貴。如果是您兒子一個人住，套房或許比較好吧？」

「也是，不過要是有個萬一，我想住他那裡。」

布藤從頭到腳把我打量了一遍，露出欲言又止的表情，但還是沉默不語。有什麼想說的，請儘管說，我聳聳肩催促。於是，他笑著開口，「您兒子不會不高興嗎？」

「說不定會吧。不過，我不會常去，只在發生緊急情況時去。」

「緊急情況？您的工作會發生緊急情況嗎？」他看著我填寫的資料。

「我是文具廠商的業務。」

「原子筆會發生緊急情況？」

「橡皮擦也會。」

他有些困惑，「是萬一和太太吵架時，希望有個避難的地方嗎？」

「正是如此。」雖然這麼回答，我和妻子基本上不會吵架。聽說動物在團體生活中往往會起衝突，但上下關係明確，就不容易起衝突。衝突是為了確定上下關係，為了權力鬥爭，及爭奪地位才會發生。我和妻子之間的上下關係，先不管妻子怎麼想，在我心

註：日文的房仲為「不動產屋」（fudousanyan），不動二字的發音和布藤（fudou）相同。

裡非常明確，沒有衝突的理由。因此，我認定的緊急狀況，是打算除掉我的人，對我發動攻擊時，最好有個可以讓家人避難的地點。「對了，我的說法可能有點奇怪。」

「什麼事？」

「房租貴一點也無妨，呃，不過，有那種管理比較鬆散的物件嗎？」

「咦，管理鬆散的物件？」

「就算有管理員，但好說話的那種。」

萬一那群危險的傢伙接近妻子或克巳，難保不會在那棟大樓或公寓發生爭鬥。如果是管理員很囉唆，大小事都要管的建築物，可能無法隨心所欲地行動。

「像是那種重聽、有點糊塗的老管理員之類的。」說完，我對要將無害的衰弱老人捲進來感到十分抱歉，反補一句「最好是看起來很凶惡」。

「現在沒辦法立刻答覆您，我先找找看，好嗎？而且，您今天是不是時間比較緊？」

今天之所以沒什麼時間，是因為醫生找我過去。前幾天收到希望我立刻前往接受診療的聯絡。

不可以對方一找，就若無其事地過去。畢竟已斷絕往來，無視就好。

如果有人很了解我的人生，一定會想這麼勸告，就是這樣，你才始終無法辭掉工作。不過，所謂站著說話不腰疼，在當事者眼中，事情沒這麼簡單，我也是深思熟慮後才採取行動。

一旦交涉破裂，醫生應該會更直接地攻擊我和我的家人。從他的角度來看，想必會認為得拿我來殺雞儆猴，警告其他承包業者，想要退隱江湖，就是會發生這種事。

我必須讓醫生認為一切仍在交涉階段，尚未完全決裂。

「你還是想中止治療嗎？」醫生當面問我。

「是啊，再繼續下去，對彼此都不好。」

「對彼此都不好？」

「提不起幹勁的員工，對店家的信譽會造成傷害。」

「我不在意。」

即使沒有幹勁，接下工作一定能做好，那就是我。醫生也很清楚這一點。只要繼續給我工作，身為鸕鷀飼主的醫生便可收取利潤。

「不，我不想幹了，我要洗手不幹。」

「那再稍微做一段時間……」

「我受夠了，我不做了。」

醫生沒立刻回應。這種對話重複過太多次，像是頻繁喊著要離婚的夫妻一樣。

如果他在這裡攻擊我……

我不由得這麼想。恐怕在外野看著我的各位，先不管各位存不存在——也會這麼想吧。

我和醫生在診間相對而坐，膝蓋近得幾乎要碰到。就算不使用工具，我也想得出十來種讓對方停止呼吸的方法。第一次和醫生在這裡談話時，我就一直這麼認為。

然而，事情沒那麼簡單。

「要是我有個萬一……」平常他都使用和診療有關的術語，或是令人聯想起病狀、治療的說法，只有第一次見面時，他單刀直入地警告，「你就不能走出診所。這個診間的出口當然也會鎖住。」

接著，好像是會飄出毒氣，讓下手的人死在裡頭。而且，其他工作人員、患者都會被捲進來。如果自己遭到危害，不管怎樣都要帶幾個人一起上路。

正因如此，若要奪走醫生的性命，一定要在診所外動手。然而，醫生一到診所，彷佛生了根，幾乎不走出大門。可以硬把他叫出診所，但他一定會做好萬全的防備。

「換句話說，三宅先生認為不再治療也沒關係，是吧？」

「我之前就這麼說了。」

「這樣一來，不光是惡性，連正常細胞都會受到傷害。」

這表示他會對我的家人下手吧。「難道不能只針對惡性的地方下手嗎？醫學已十分進步。」

「不行。」
「可以讓我再考慮一下嗎？」
「當然，請好好考慮。」
這幾年我們一直反覆著相同的對話。最後還是會擔心家人，不會辭掉工作吧，醫生應該也這麼認為。
「我整理好想法後，再和你聯絡。」
「我隨時都能給你好幾種手術建議。」
我走出診所，之所以沒有搭平常搭的電梯，而是走不方便的樓梯下樓，果然還是有不祥的預感吧。醫生的表情和以往一樣，卻比平常更不願直視我的雙眼。
接著，我按照往常離開診所後的做法，走出大樓搭上計程車，回去公司。
司機說前方似乎發生車禍，要稍微繞點路，我沒反對。
車子在十字路口左轉，在下個十字路口要轉彎的時候，手機收到簡訊。
打開一瞧，是公司負責行政工作的女職員傳的。內容怎麼看都非常私人，我十分困惑，花了一點時間才察覺她應該是傳錯對象。我和她雖然不是特別熟，但確實有她常因注意力不集中而犯錯的印象。
打好問她是否傳錯對象的簡訊，正要按下傳送鍵時，車子的行進聲忽然發生變化。

車子異常加速，我懷疑司機失去意識，透過後照鏡窺望司機的臉孔。

只見他專注地盯著前方，顯然是故意加速。

醫生的臉孔浮現在我腦海。

司機打算直接撞上某個地方嗎？

離開診所後會在大樓前面攔計程車的習慣，被拿來對付我了嗎？

後座和駕駛座之間有塊透明隔板，我在椅墊上撐起身體，兩腿用力往前一蹬，踢壞隔板。司機倒向方向盤，我轉動胳臂，壓住司機的脖子。我沒有輕輕下手的空間和理由，胳臂用力到幾乎要壓碎司機脖子的骨頭。

司機的腳離開油門，但車子並未減速。透過擋風玻璃，我看見並排在道路兩側的大樓，還有行人，是個年輕女人。我從後座硬擠到駕駛座，好不容易轉動方向盤。雖然避開那個女人，卻無法避免直接撞上大樓旁的電線桿。

我只能試著讓自己不要受到太大的傷害，在後座縮起身子。如果脖子受傷就完了，所以我背對著駕駛座。

我隨後感受到一股衝擊。由於身體靠著椅背，好不容易擋下衝擊。我察覺安全氣囊彈了出來。計程車斜斜撞上電線桿，像是畫半圓似地水平迴轉後，撞上對面的牆壁，一股巨大的搖晃把我晃了出去，用力撞上車門，頭部一陣疼痛。透過玻璃的碎裂聲，我知道擋風玻璃崩裂。

迴轉停止，身體還能動，車門還能打開，實在太幸運。我爬出車子，留下冒煙的車子，返回人行道。

體內深處持續震動著，但只受到這點打擊已是萬幸。

醫生是打算解決我，還是威脅我？

或許他認為，身為業者這麼輕易死去，便再也派不上用場。

現在不是能夠悠哉思考這些事的時候。

可能是車子的撞擊聲太恐怖，像是捅了蜂巢，許多人衝出大樓。我穿過他們回到路上。

走到另外一條路時，有人問，「對不起，那個……你還好吧？」回頭一看，發現那個女人是方才差點被車撞上的行人，我一陣緊張。對方亮出刀子。腦袋傳來一絲刺痛，但我迅速展開行動。

克巴

「這支鑰匙嗎？可以調查，應該吧。嗯，應該可以。」對方穿著西裝，表情爽朗，露出彷彿是貼上去的笑臉。面對我這個委託人，他以說裝熟也不是，說有禮也不是，不上不下的親切態度接待我。多虧那張爽朗的笑臉，我並無不滿。

因為想知道在父親房間找到的鑰匙是用來開哪裡的鎖，我在各家房仲、鑰匙業者之間轉了一圈。我總是以「應該查不到吧」開場，對方當然也回覆「是啊」。當我開始覺得自己很亂來的時候，有個鑰匙師傅告訴我，「這我只跟你說，其實有個業者趁打鑰匙的時候，收集很多資料。」

「可以這麼做嗎？」看著我驚訝的表情，對方露齒一笑，「當然不行啊。」

所以，是像違法販賣個人資料的業者嗎？

我向那個師傅說明，這是從去世的父親房間找到的鑰匙，他似乎很同情我，甚至還說，「我相信你不會拿去做壞事。」他信任我到這種地步，我十分訝異，同時也非常感激。

然後，出現在我眼前的是個彷彿將雜誌模特兒的外表，以接近市井小民的方式降低兩階，非常爽朗的年輕人。

「大概是某間公寓的鑰匙吧。」我聯想到十年前想一個人住的事，推測是出租公寓或大樓的鑰匙。

「挺有可能，嗯，一定是的。我會帶回去，用我手邊的資料來調查。就算無法查出是哪裡的鑰匙，只要知道是哪間店打的鑰匙，也可以能從那裡再繼續調查。」

「有辦法馬上知道結果嗎？」

他盯著我，冒出一句，「你認為電腦的處理速度有多快？」
我反省是否說了惹他不高興的話，「有多快呢？」
「這個嘛，我不知道。」
他睜著那對清澈明亮、毫無雜質的眼眸這麼回答，我也無法生氣。

「爸爸會不會是想要一個藏身之處？」
吃晚餐的時候，妻子茉優開口道。
「藏身之處？」
「不是有人說，男人有時會想獨處嗎？」
「我想那只是想要獨處的男人說的。」女人也會有想獨處的時候吧。
兒子坐在妻子身邊，緊盯著電視，完全沒咀嚼口中的食物，雙頰鼓鼓的，所以我提醒「你的嘴巴沒在動」。他咬一、兩口後，又停下。
「老爸的確總是看老媽臉色過日子，或許真的會想喘口氣。」
「媽媽明明是很溫柔的人啊。」
「夫妻之間總有不為外人道的事吧。」
就我所見，父親害怕母親的程度顯然非常過頭。但母親並未完全掌握家庭內的權力，夫妻感情也不差。

「你最記得爸爸的什麼事？」

「怎會突然這麼問？」

「我想要參考嘛，你也知道我沒有爸爸。」

「這該怎麼說……」

「你在笑什麼？」

妻子這麼一提，我突然想起一件事，「我有次起床，發現他以像是從宇宙歸來的姿勢倒在地上。」

「他有太空衣嗎？」

「院子裡有一個很大的蜂巢。」

大概是早上四、五點，總之是清晨，我不曉得他為何要如此奮發。他似乎是抱著「必須在我們起床前將一切處理好」的使命感，使用殺蟲劑，挺身面對蜂巢。我起床時，戰鬥已結束。或許是殺蟲劑的關係，蜂巢溶化似地掉下來，有許多蜜蜂的屍體。父親脫口而出，說自己造成悽慘的狀況，似乎是打心底這麼想。不過，或許他又是穿滑雪衣，又是穿羽絨外套，簡直是全副武裝，結果熱到整天躺在床上休息。為什麼要做到那種地步？母親酸了他一頓。

現在回想起來，父親或許在我們不知道的時候，都是那樣守護著我和母親。

大輝不知何時爬下椅子，跑到我旁邊。我有點詫異地問他怎麼了，妻子指著電視說

「大概是有點害怕」。

雖然是動畫節目，卻出現鬼怪的場面，還搭配令人恐懼的音樂。

我抱起兒子，讓他坐在膝蓋上，安慰他，「沒關係，爸爸在這裡。」那不只是為了讓孩子感到安心而已，是真心的。這麼說出口後，我確實感受到自己是真心的。

我想守護這個孩子，希望他在未來的人生中，不會碰到任何恐怖的事，任何沒道理的事情。我要保護他，我理所當然地這麼想。另一方面，我也深知只要活著，就不可能避開任何恐怖、痛苦的事。

加油！我在心裡這麼為兒子打氣時，也苦笑著意識到自己不也正在努力嗎？我想起童年畫的那張寫著「爸爸，謝謝你這麼努力」的蠟筆畫。

「你還記得最後和爸爸說什麼嗎？」

「咦？」

「爸爸在去世之前，你們最後說了什麼？」

「這個嘛。」我從十年前便一直思考著這件事。事前毫無徵兆，父親突然從大樓的樓頂往下跳。我不停想著，他的言行舉止，真的沒透露蛛絲馬跡？「奇怪的是，我完全想不出來。只要我試著去想，記憶就像要從沙堆裡找出東西般下沉，彷彿在逃跑。」

「你不記得？」

「對。」這麼回答的瞬間，我倏然憶起。好似怎麼挖都挖不到的泉水，經過十年後，輕輕以指甲一摳，便泉湧而出般輕而易舉。

那是某天早上。我從二樓下來，父親正在打開布丁還是冰淇淋的蓋子，邊徵詢意見，「我可以吃這個嗎？」接著問我，最近過得如何？面對這個曖昧的問題，我也曖昧回應「還可以」。

「啊，那個不是老媽想吃的嗎？」我提醒父親。

父親已開始吃那個布丁還是冰淇淋，所以皺起眉頭說，「糟糕。」

「沒那麼嚴重吧。」

「很嚴重啊。」父親語帶辯解，「我之後再買回來放。」

那是我們最後的對話。「終於在第十年想起來，雖然根本沒什麼內容。」我笑著這麼說，但很高興自己並沒有忘記。

「爸爸說之後要再買來放，實在難以想像他會去跳樓。」

人類的言行舉止是沒有邏輯的，不乏衝動自殺的情況。如果是十年前，我或許會這麼想，可是聽過田邊老弟的話，事情就不一樣了。「妳說的沒錯，確實不對勁。」

「那是你們最後的對話？」

「是那一天沒錯。在那之後似乎繼續聊了些什麼，但想不起來。」如果再過一段時間，會像剛才那樣，記憶無預警地探出頭嗎？在那之後，我究竟還跟父親說過什麼？

我看著大輝的頭頂，想像著自己坐在父親膝上的樣子。雖然是理所當然的事，卻毫無記憶。

「喂，電話。」妻子一提醒，我才發現手機有來電通知。是沒看過的東京都內號碼，我一時猶豫著不想接，但還是接起來。我以為是關於那把鑰匙的聯絡。

雖然和我的預期不符，但該說是雖不中亦不遠矣嗎？打來的是我前幾天拜訪過的診所醫生。像是接到健康檢查出問題的通知，讓人有些不快。

「關於令尊……」

「是，前幾天突然去打擾，真是不好意思。」我一邊說著，一邊對妻子做出「是醫生」的手勢。一瞬間，我只想到以聽診器聽對方心跳聲的樣子。看不出來妻子究竟明不明白，只見她帶著難以言喻的表情點了點頭。

「其實是我這裡的員工中，有人還記得令尊。」

「是護理師嗎？」

「當時，令尊似乎是工作上有煩惱，所以在找那方面的醫生。」

講得這麼曖昧不清，是顧慮到雖然是十年前的事，但還是和病患隱私有關嗎？「地方身心科之類的？」

「當時，令尊希望我們能夠替他介紹更專門的醫生。」

「我可以直接和那位員工請教詳情嗎？」

「可以。」醫生的話聲十分冷淡，「在那之後，找到關於令尊的新情報了嗎？」

「一點點。」我這麼回答，指的是那把鑰匙。醫生沉默不語，我不安地重複一次，「一點點，談不上新情報。」

「你找到什麼了嗎？」

「我從父親的房間……」我不知道該透露到何種程度，因為我也不清楚那把鑰匙的用途，只能講得很含糊。萬一那是父親情婦的公寓鑰匙……我無法說完全不可能，如果就這麼全盤托出，對父親也不好意思。

我星期三下午休診，方便的話請過來一趟。

醫生這麼說，我確認行程後，答應了他，然後掛掉電話。

我告訴妻子通話的內容，妻子歪著頭說，「爸爸會為工作感到煩惱嗎？我覺得他不像那種類型。」

「妳又沒見過他。」我開她玩笑。

「也對。」妻子老實地點點頭，接著皺起眉問，「對了，你剛剛那個自動販賣機全按過一遍的動作，是什麼意思？」

管理員可能很喜歡這句口頭禪，又對我說一次，「如果我死了，就不能保證。」他確實上了年紀，但不論渾身肌肉的體型，還是口齒清晰的說話方式，看起來都不會那麼早死。臉上雖然有縐紋，但皮膚充滿光澤。

房仲布藤先生忠實完成我的委託，找到幾乎完全符合我期望的物件。

「我不會干涉住戶的生活。雖然我也住在這裡，就在一樓最裡面的那一戶。如果不搞出什麼太誇張的麻煩，我是不會管的。」

「如果在屋裡玩摔角呢？」

「就算你要打美式足球也行。前陣子，住五樓的傢伙大概在做理科實驗，搞出一場爆炸。」

「我記得這件事。」布藤先生露出懷念的表情，點了點頭。從他的反應看來，他的性格應該也和一般人不太一樣。「不過，我不確定是不是理科實驗。」

「不管是什麼學科，總之爆炸聲非常大，公寓裡警鈴大作，消防車的鳴笛聲也大到不行，搞得一發不可收拾。」

「你的意思是，不可以吵鬧嗎？」

「太吵不行。只要不太吵，我就放你一馬。」

「要是發生爆炸，退租是不會還我押金的吧？」我問道。

「這裡本來是出售的公寓，不過隨著房子變得老舊，住戶也換過不少。有些住戶把房子拿來出租。我在這裡也有房子，如果你有錢，可以賣你。」

「可是，我沒有買房子的理由。」

「和租屋不一樣，你不用把房子還給我。」

「就算在裡頭進行理科實驗也可以嗎？」

「只要不吵不爆炸就行。」

管理員雖然像個現役老兵，不過公寓本身頗為新穎，似乎幾年前翻修過，和屋齡相比，一點都不老舊。

「如果是這裡，我兒子應該也會喜歡。」

「替你兒子找公寓嗎？未免太寵他了吧，最近的父母實在是……」

「也可當成避難處，萬一發生什麼事，我就躲到這裡。」

「這麼做可能會被討厭。」布藤先生果然又這麼說。

「到時跟他說『這房子可是你老子買的』就好啦。」管理人應道，「不過，不知哪天會發生核戰，還是環境災難之類的，說不定真的需要一個避難處。」

「是嗎？」

「老天爺會定時重啟這個世界，就像斷捨離那樣。當房間變得亂七八糟時，就把雜物全部丟掉，從頭來過。不然東西一直增加，根本沒辦法收拾。自地球誕生以來，恐怕就是如此吧。」

「不擅長整理收納的老天爺嗎……」我喃喃低語，反芻著「重啟」兩個字。將至今犯下的罪過一筆勾銷，從一片空白的狀態重新來過，對於一直想這麼做的我，真是美妙的字眼。然而，有一對眼睛凝視著我問，可以這麼做嗎？你有資格重啟人生嗎？

「如何，要簽約嗎？」

「你意下如何？」

「要租或要買都可以。」

「如果要買，可能今天買，明天就搬進來嗎？」

再怎麼快也需要一個月左右，布藤先生回答。實際上也是如此吧，但管理員意外地不拘小節。「倘若你不需要貸款，我可以安排讓你盡快搬進來。」他這麼說道，「我在這裡有好幾棟房子，我可以處理所有手續。」

看來，這位管理員也做不動產相關的工作。雖然是布藤先生的介紹，不過融資、登記等手續，都可交給他。

那我再和你聯絡。聽我這麼說，管理員卻滿臉笑容地回應「這麼說的傢伙，通常都不會再聯絡」。

「兜，你的經紀人這陣子變得很情緒化。」

回家路上我去的店鋪老闆說道。由於是列著大量色情雜誌，叫做「桃」的店鋪，大家通常也都稱呼老闆為「桃」。她的身軀龐大，外型像顆皮球，總穿著可看到內衣的服裝。不知道她從多久以前就經營這間店，不過在我剛入行的時候，就有人告訴我「要收集業內情報，就去桃那裡」。確實如此，各式各樣的情報會集中到她的身邊。

「不是經紀人，是我很常去找的醫生。而且，那男人才不可能變得情緒化。」他本身就像醫療器材一樣。

「外表看來如此，內心可不是。幾乎所有醫生的自尊心都比天高。」

「這是偏見。」

「也對。不過，投資培養出來的選手或員工，有天忽然說要辭職，當然無法冷靜。」

「是嗎？」

「如果你太太在外面有了男人，要跟你離婚呢？」

「我無法接受。」

桃捧腹大笑，「是吧。這樣一來，根本無法冷靜有條理地和對方交涉。滿腦子都會是要怎麼讓對方困擾、不幸，就算要死也要帶著對方上路。」

「我不認為醫生會做到這種程度。」

「是啦，確實如此。」桃雖然這麼附和，又補上一句，「但他不是利用計程車設計你嗎？他已不在乎別人的看法到這種地步。」

「連只是拿出資料的房仲，我都會害怕。」

「你真的打算洗手不幹嗎？」

「我是這麼打算。」

「你認為辦得到嗎？」

我緊盯著桃。她恐怕認識數不盡的，不，嚴格來說應該是數得完，總之是許多業者，見過他們的工作狀況、勝負情形，及退隱江湖的內幕。「要斷絕緣分這麼困難嗎？」

「不，有比這個更重要的。你至今為止做過的，全是壞事吧？你可是奪走了那些人的身家性命啊。製造出這麼多恐怖事蹟的人，你認為有可能重啟過去，重新來過嗎？」

桃的話戳到我的痛處。不是誇張，我真的痛到幾乎要發出呻吟，但我忍了下來。一想到至今為止做過的事、奪走的人命、毀掉他人一生的次數，就知道怎麼想都不可能一筆勾銷。我沒資格說希望人生能有第二次機會。「難道這是個不允許犯錯的人洗心革面、從頭來過的社會嗎？」我好不容易擠出一句。

「這個社會當然容許犯錯，但你的狀況是不可能的。就算負一百分可以一筆勾銷，那負五萬分呢？」

「負五萬分……」打分數的人真辛苦，「沒辦法重啟嗎？」

「一定會生氣的吧。」

我沒問她是誰會生氣。

「你想想，如果有人收錢殺掉你兒子呢？」

「負五萬分都不夠吧。」我立刻回答。實際上，這麼一想像，憎惡的火焰就從體內噴發，根本無法思考具體的狀況。「既然如此，我該怎麼辦？」

「我怎麼知道……」桃笑了，「你去問奇摩知識家吧。不過，你的經紀人完全無法冷靜，你也要替家人想一下。」

「他應該知道對我家人下手，我會有多生氣。」

「人一旦感情用事，往往不曉得自己在做什麼。」

桃似乎察覺掠過我腦海的不安，「總之愈小心愈好，我不認為計程車司機是最後一個來對付你的人。」

「我一下計程車，有個行人就拿刀砍過來。」我雖然立刻解決對方，但無法識別攻擊也是事實。「妳有什麼建議嗎？不說想將我的罪行一筆勾消，但有沒有可防止醫生對我家人下手的方法？」

桃盤起雙臂，像可愛少女般沉思起來。我無言地等待她的回答。這段期間，我的手機收到簡訊。

「是很恐怖的聯絡嗎？」桃開口問，「你看起來很害怕。」

「妻子要我順便買太白粉回去，我想起之前忘記買的慘狀。一忙起來，就容易忘東忘西。」

不知桃是想損我，還是發自內心的感慨，總之她嘆一口氣，聽起來兩者皆有可能。

「這個嘛，你的經紀人接下來會怎麼出招，實在難以判斷。要說能怎麼防禦，只有準備個保險之類的吧。」

「怎樣的保險？」

「像是『如果我發生什麼事，媒體就會收到告發你的文件』之類的。」

「嗯、嗯。」

「不然就是『如果你危害我的家人，我會散布毀滅你的情報』之類的。」

「總比什麼都不做好嗎？」

「是啊。至少可拖延一點時間。你的經紀人某種程度也算是老手，但並非始終都在第一線。」

「真的是好久了。」我在將滿二十歲時認識醫生，從那時起我始終覺得他活躍在第一線。

「你知道《平家物語》的開頭嗎？」

「記得是『日月是永遠的旅人』？」

「那是《奧之細道》的開頭。總之，沒人能一直囂張下去，好比曾是業界中心的寺尾、峰岸已消失。不可能有人一直在排行榜上，利用權勢作威作福的上司總有一天會退休，變成糟老頭。」

「我得等到那時候才能辭職嗎？」我也懷疑到了現在，排行榜究竟還有多少價值。

「你不想繼續做現在的工作嗎？」

「我受夠使用暴力和殺人了。」

「如果是剛入行的年輕人就算了，你都多大啦。」

「大概是我的青春期現在才開始吧。」這麼回答的同時，我在腦中整理想法。「醫生沒什麼弱點嗎？比方，能夠在他想對我家人下手時，牽制他的材料之類的。」

「這沒辦法立刻查到。不過，就算沒有，也沒關係吧？」

「就算沒有，也沒關係？」

「如果不是具體的情報，對方可能會多加揣測，提高警戒。先暗示他你手上有了不得的情報就好，然後同時委託某人殺死醫生，怎麼樣？」

「我來找人。」只是，不僅無法在診間殺死醫生，他也幾乎不踏出那裡一步。

聽我這麼說，桃提議，「那就只能引誘他出來。這樣的話，你就是誘餌。」

「該怎麼做？」

「我不是說不知道嗎？不過，他要是外出，絕對會提高警戒，所以你委託其他業者趁隙攻擊不就好了。」

「妳就這麼想介紹業者給我嗎？」我開她玩笑。她簡直像是想要手續費，不停推薦各式商品。

「這是為你好。介紹人給你，我也沒有任何好處啊。」

「妳有推薦的業者嗎？」

「我喜歡的人差不多都死了，比如蟬、蜜柑和檸檬。」

「拜託妳不要喜歡我。」我半笑鬧著說，這一瞬間卻也感覺死亡逼近眼前。

「我的死亡」也是解決事情的一個方法。此時，這個想法帶著前所未有的現實感。

「我會死。」

「為何忽然這麼說？」

「不單是我，不管是誰，總有一天都會死。」

「倒是沒錯。」

「是啊，我必須死掉才行。」

「你到底在說什麼？對了，你覺得槿怎麼樣？他是推手，非常優秀。」

「他真的存在嗎？」

「廢話。」

聽說那是一個將人推向經過的車輛或電車，加以殺害的業者。那種工作手法很容易被發現，能一直活躍在第一線，想必手腕十分高明。「聽起來不錯。」

或許可以想辦法把醫生帶出來，誘使他經過大馬路的十字路口。

「不過我不能幫你仲介，你自己去拜託他吧。」桃這麼說著，告訴我槿的聯絡方式。沒想到我居然也有僱用業者的一天。「如果你真的要和醫生宣戰，再怎麼小心都不為過，不要只是委託業者。」

「當然。」最後能夠信賴的，終究只有自己。如果自己會背叛期待，還是趁早放棄吧。

「不要太勉強。」桃微微一笑，「我很喜歡你的。」

這時，我察覺事態真的變得格外棘手。不過，我想起妻子以前常對克巳說的那句話，「做你能做的。」

如果不行，那就算了。

確實如此。

克巳

「其實，我在父親房裡找到一把鑰匙。」我向坐在對面的醫生這麼說。對他說出連母親都還不知道的事，我雖然有點猶豫，但在診間醫生這麼一問，便感受到一股得老實交代的壓力。

得知十年前父親有精神問題時，我拜託醫生告訴我詳細狀況，於是他要我去診所一趟。他星期三下午休診，有空見我。雖然口氣平和，但弦外之音是他不會在其他時間見我。因為我可以從公司早退，沒什麼不滿。然而，去到診所一看，發現那個父親諮商的護理師居然不在，我有些不愉快。

我是想聽那個人的話才來的，如果不在，應該提早告訴我，讓我不用白跑這一趟。我盡可能委婉傳達這番想法，不過醫生大概真的神經很大條，只回一句「她很忙」，彷彿這句話就能夠解釋一切。接著，他便立刻問我從父親房裡找到什麼。

是，關於這點……

「是哪裡的鑰匙？」

「正在請人調查，我想可能是哪裡的房子鑰匙。」

「房子嗎？」

「是這樣的鑰匙。」我拿出手機，給醫生看照片。我已把鑰匙交給幫忙調查的業者，不過慎重起見，我拍下照片。雖然不知道該不該給醫生看，不過意外的是，醫生居然探出身子，盯著照片，「方便給我這張照片嗎？說不定我能找出來。」

「找出來？」

「找出這是哪裡的鑰匙。」

是啊，愈多人找愈好。我本來想這麼說，不過還是改口回答，「先由我這邊來調查就好。」為什麼我會這麼想？是我不認為醫生可以找出這是哪裡的鑰匙嗎？或者是我直覺認為，如果父親想藏起這支鑰匙，就不能讓太多人知道詳情。

「這樣啊。」醫生看來並沒有不高興。

從埼玉最靠近自家的車站回家途中，我遭到飛車搶劫。我將略大的背包掛在肩膀上走小路的時候，一輛機車從旁經過，正要讓開的瞬間，身體被往前拉了過去。

對方硬搶走背包，我當場倒下。夕陽西下，路燈亮起，但周圍仍舊很陰暗，沒有其他人影。

當我起身時，比起疼痛，我首先感到丟臉，不過錯不在我。我慌張地追在機車後面，同時想起背包裡有哪些東西。手機在口袋裡，月票和錢包在背包裡。我的損失是大，還是小？不管損失金額的大小，或許重新申辦信用卡需要的時間和手續才是最麻煩的。

雖然不可能追上行駛中的機車，我還是以近年來少見的拚勁死命追趕。

快跑。

我彷彿聽到了這麼一道聲音，訝異地往旁邊一看，發現父親正跑在我身邊。當然不可能真的發生這種情況，應該只是將近二十年前的少年時代，和父親在公園裡為了某事一起練習跑步的記憶在腦中甦醒的關係。對，克巳，就是這樣擺動手臂；對，就是這樣才會跑得快。我那時候也跑到喘不過氣來嗎？第一次那樣衝刺的自己，和睽違許久這樣初次的自己相比，究竟哪一邊比較累？

父親腳步輕快，颯爽地跑在我稍微前面的地方。等我一下，當我快要追上父親時，他往右一轉消失身影，我得趕緊追上才行。

我維持著前傾的姿勢全力奔跑，右轉一看，發現機車倒在地上，我立刻煞車停下腳步。

眼前的光景，讓我無法馬上反應過來。機車的引擎依舊發動著，車身打橫倒下，稍微有點距離的地方有個戴全罩式安全帽的男人。他大概是被摔了出去，正在掙扎起身。我發現自己的背包掉在地上，趕緊撿起。男人則戴著安全帽跑遠。雖然一跛一跛的，但仍維持著一定的速度。我愣在原地，周圍開始出現人群。

「真是辛苦了。那麼，後續如何？」洗衣店老闆重新摺好我送洗的西裝，問道，「報警了嗎？」

「報警了，然後問了我一大堆事。」

「機車是怎麼回事？」

「轉彎後打滑的樣子。」好幾個目擊者這麼告訴我。似乎是轉彎不順，想要壓低車身過彎，但是輪胎太細，就這麼打滑。「打滑的車子沒撞上行人，真是不幸中的大幸。」摔倒時擦到了西裝，雖然沒破，但擦傷得很嚴重。去問洗衣店老闆有沒有辦法處理時，我聊到碰上搶劫的遭遇。

「你太太嚇一大跳吧？」

「一開始她嚇壞了，現在大概只覺得多一個話題吧。」我半開玩笑地說。

「這裡大概沒辦法處理了。」老闆遺憾似地皺起臉，指著西裝說，「布料表面受損嚴重。不過，這件大概是有錢也買不到的西裝吧？」

「咦？」

「料子很舊，而且這裡的羅馬拼音開頭也和三宅先生的不一樣。」

「是的，這是我父親的西裝。」居然注意到這點，我不禁佩服起老闆。

「是他傳給你的嗎？」

「是啊。可以的話，我希望能繼續穿，雖然不可能穿一輩子。」

「那麼，我確認一下能不能修復吧。」老闆這句話令我感激不已，「雖然不能處理到完美，不過我想或許可處理到看不出來。」

「這樣就夠了。」我確實在考慮讓這套西裝退休。不光因為這套西裝是父親的遺物，而是西裝本身算是高級品牌，也適合我的體型，但我不能一直這麼依賴它，這次或許是讓它退休的好機會。

兜

早上起來，見到妻子的瞬間，如果沒立刻致歉「今天也給妳添麻煩了」，就算不上是真的怕老婆。以前聽某個落語家這麼說過。從我的角度來看，別說是笑話，這完全是能引起我共鳴的哀傷故事。今天早上，我察覺到正在作早餐的妻子，全身噴發出一道相當不高興的冰冷火焰，差點要脫口謝罪。之所以沒這麼做，在不知她為什麼生氣的情況下拚命道歉，很可能會讓她覺得我有口無心，根本不是真心道歉，反倒令她更生氣。我確實是反射性開口道歉，但我是真心誠意的。

妻子到底為什麼心情不好？原因該不會出在我身上吧？大腦全力運轉，卻怎樣也想不出理由。

我們聊著無傷大雅的小事，然後露出「知道錯在自己，些微反省」的表情啃著土司。

她似乎懷疑我在搞外遇，我沒花多少時間就發現這件事。我難以忍受這種冷淡的氣氛，拿起手機看著天氣預報。真希望他們也能這樣預測妻子的心情，正當我這麼想時，妻子說「你昨天晚上沒把手機轉成靜音吧」。

她的口氣冷淡到足以將森林裡的所有生物都凍僵。當我為她的話感到一頭霧水時，妻子開始娓娓道來。

深夜，我的手機響起簡訊通知。熟睡中的妻子被這個聲音吵醒，氣得想將我的手機轉成靜音時，看到簡訊內容。

我這時才終於看了那封簡訊，也就是說我根本沒發現收到了簡訊。

那是公司裡負責行政工作的女職員寄來的，除了「謝謝你這陣子聽我訴說煩惱」、「今天晚上我很開心」之類的內容之外，還有一大堆愛心符號和可愛的顏文字。就算在黑暗中遭遇敵人也從未冒過的冷汗，滑過我的背部。

這實在非常糟糕。

我當然和那名女性沒有任何特別的關係，只是普通的同事罷了。在公司裡幾乎沒有往來，最多就是行政相關事務的聯絡。為了在外面跑業務時的聯絡所需，她應該知道我的手機號碼和郵件地址，但我完全不知道她在簡訊裡寫的「煩惱」、「很開心」究竟是怎麼一回事。

我思考一會後說「可能是她傳錯對象了吧」。這不是拚命找出來的藉口，而是真的有可能。

我想起來，最近也收到她的簡訊。我努力回想，我曾在加班時段看到她和別的業務親暱說話的樣子，那應該是要寄給對方的簡訊吧。

「是嗎？」妻子誇張地嘆了口氣後，又說「這藉口太差勁了」，走出房間去晾衣服。

「我不討厭你這種性急的人。好事要趁早嘛，不，應該說是趁早才是好事吧。」季節轉涼的現在，他仍舊穿著短袖襯衫。露出的胳臂，雖然很細卻還是很有肌肉。他是前陣子我去看的公寓的管理員。

我告訴他要買下房子，他替我辦了購屋手續，不過當我打電話告訴他希望能夠盡早搬進去時，他要我立刻過去。

這麼即時的反應，我不禁懷疑他該不會閒得發慌吧？

我前往公寓的管理員室。

位在一樓角落的管理員室，豪華到讓我目瞪口呆。皮革沙發，大電視之外，還有看似家庭劇院的設備，不論哪種家具都散發出厚重的光采。

「什麼時候可以搬進去？」

「你今天付錢，應該明天就可以。」

「這麼快？」

「一般情況是不行的。」他似乎想表達「因為是我才辦得到」的意思。「你兒子立刻就想搬進來嗎？」

「嗯，算是吧。」我曖昧地回答。

「哈哈。」管理員露出洞悉一切的笑容，「你有什麼想要藏的東西嗎？」

「咦？」

「以前有個政客死掉之後，在遺物裡找到了公寓鑰匙，家人以為他養情婦，匆匆趕去公寓一看……」

「結果？」

「房間滿滿都是鋼彈模型。」

「為了政治嗎？」我並不是開玩笑，但管理員一副愉快的口吻，點點頭說「鋼彈也可以是學習政治的一環啊。」

「可說是類似的東西吧。」一開始我是打算把這裡當成危險逼近時的避難所，不過現在有些改變。

「你打算把不想給家人看到的東西藏在這裡嗎？」

「可以這麼說。」

「該不會是誰的屍體吧？」

忽然出現這麼危險的字眼，我嚇一跳，不過他似乎沒有別的意思，還說「不過我也不介意就是了」。

「你不介意嗎？」

「如果有人來抱怨臭味，或是很吵，或是有蟲跑出來，的確是很麻煩。不過，只要沒曝光，我就都不管。畢竟是個人隱私。」

「那可是屍體，和隱私之類的是完全不同次元的問題吧。」

「是嗎？」管理員這麼回我，看來他完全認為把屍體放在房裡，算是個人隱私的範圍內。「只要是我沒發現的事，通通是房客的隱私吧。」

「我想應該不是。」

「你不是也想趕緊過戶嗎？算了，反正我把所有文件都準備好了。」

「真的非常感謝。」我是真心的。

直到昨天，我都打算買下這棟公寓的其中一戶，當成兒子獨居的住所，兼萬一發生什麼事時的避難處。

之所以改變這個方針，是因就在幾小時前，早上我在通勤時接到一通電話。

打電話來的是桃。她簡直像是看準我下通勤電車的瞬間，我很驚訝，但電話內容更令我驚訝。

「事情搞不好變得很麻煩，恐怕是我看錯了。」

「看錯什麼？」

「你的專屬醫生，比我想像得更像個行動派，或者該說他愛操心。身為醫生，預防意識特別強烈。他似乎是那種在病毒靠近之前，就先吃一堆抗生素的類型。」

「抗生素對病毒沒用，只對細菌有用。」

「照之前商量的，我散布了流言。說你似乎知道醫生的祕密，如果你的家人出事，你就會暴露他的祕密。」

「這聽起來實在太假，被揭穿了嗎？」

「完全相反，醫生好像很害怕，是我捏造出來的內容太像真的嗎？到底是太有臨場感，還是他的想像力太豐富？總之，他似乎正在調查這個流言，他當然想知道你手上究竟握有什麼情報，他動員所有情報網絡，派各種業者在調查這件事。」

「不管是誰都沒辦法一直囂張嗎？」

「『盛極必衰』這句話果然是真的。只是，他不會馬上倒台，還是掌握著力量，我看走眼了。」

「妳是要我小心嗎？」

「聽說昨天有個業者全家被殺。」

我瞬間陷入沉默，「全家」這兩個字刺入我的腦門。「哪個業者？」

桃沒回答我的問題，「兜，他和你一樣。」

「什麼一樣？」

「由醫生介紹工作，最近打算洗手不幹。」

「那一家人是怎麼沒命的？」

「他們打算進家庭餐廳時，被車撞上。」

「是他下的令嗎？」

「沒錯。世上不光有靜心等待，就能等到適合出航的好天氣這種事，也有只等到狂風暴雨大作的情形，真是上了一課。」

「原來如此。」我切實感受到自己沒剩什麼選擇，「看來，只能照我們業界一直以來的那句格言行動。」

「什麼格言？」

「先下手為強。」

最後還是只能這樣嗎？

掛掉電話後，我向公司請假，並跟家裡報備今天可能會晚點回去。公司那邊公事公辦地讓我請假，妻子似乎說了些什麼跟今天晚飯有關的事，但我也沒有辦法管她靜靜說了什麼。或許是我多心，她的聲音有些陰沉，應該還在懷疑我搞外遇。

我得及早準備好才行。雖然覺得「如果更早之前下定決心就好了」，不過也無法確定這麼做就是對的。

「你不辦貸款，對吧？」

「對。」我拿出裝現金的袋子，管理員有點訝異地說：

「不要告訴我這是搶銀行來的。」

「我一直都很認真工作存錢。」

管理員半信半疑，「算了，我沒有管他人隱私的興趣。」

簽完文件、確認金額後，管理員說「明天登記完，我就給你鑰匙，之後你就可以搬進去」。接著，他補上一句，「我做事很快吧，你知道為什麼嗎？」

我忍耐著不說「你很閒吧」，而是回答「你手腕很高明？」沒想到他笑著說，「因為我很閒啊。」

這稱不上計畫，更接近靈機一動，不過我認為只能這麼做。

先下手為強。

我回想起以前在家裡院子和虎頭蜂對決時的狀況。

那是我們家的一大危機。我運用網路上檢索到的資訊，及家裡的滑雪衣和安全帽，勉強度過那場危機。這次無法依靠網路情報，就算穿上滑雪衣、戴上安全帽也無法打倒醫生。

但在利用手邊的資源來守護家人這一點上，兩者是一樣的。既然可以對付虎頭蜂，我也可以抱著打倒醫生的希望。

聯絡上槿並不難，其實非常簡單。我按照桃提供的情報，循線和他講上電話。他既沒確認我的來歷，也沒問我關於目標對象——醫生的詳細情報。

槿確認完基本資料，告訴我怎麼付錢，最後表示明天由他聯絡，隨即掛上電話。

當然，大部分在這個業界工作的人，應該都不在意自己即將奪走生命的對象，或是委託人的事。我以前也毫不在意對方究竟是什麼人，只需要知曉何時、何地動手，委託案件的風險、難易度和天氣的情報。

然而，槿不太一樣，感覺他是「毫不關心」。常聽說所謂將人推到車輛或電車前殺害的「推手」，其實是指「運氣不好的車禍死者」，實際上根本不存在這種人。跟「鐮鼬」、「神隱」中的「鼬」、「神」一樣，「那傢伙被推手幹掉了，真可憐」不過是用在這類說法中的名詞罷了。

沒想到一打電話，發現可以稀鬆平常地和「推手」交談，我實在有點傻眼。另一方面，真的和他通話後，我發現對方有股難以捉摸的氣質。

我接著前往藤澤金剛町。那裡有間表面上是小釣具店，實際上是販賣槍砲彈藥的店鋪。聽說那家店經營很久，老闆上了年紀後，就交給退休的業者經營。

我買了槍械和火藥。

「你買這些東西要放在哪裡？萬一家人發現，會很麻煩吧？」結帳的時候，留著鬍子的老闆問我。

我一直盯著他。

沉默地觀察他。

他的體格很好，看來以前是格鬥技選手的傳言是真的。他將我買下的手槍和防彈衣塞到海外旅行用的登機箱裡。

「你為什麼覺得我有家人？」我不想錯過他的任何反應，緊盯著他。雖然在這家店買過很多次武器，但我不記得說過任何多餘的話。

「咦，你沒有家人嗎？我只是覺得你看起來有家人，而且不管是誰都有家人。」

「或許吧。」

我雖然這麼說，內心已不相信老闆。他一定從醫生那裡聽到我的事。醫生很可能料到我會來這家店購買需要的武器。

「抱歉，我還是不買了。」

「可是我把東西交給你了。」老闆慌張地抬頭，把登機箱扛起來，放到我面前。

「我還沒收下，把錢還我，東西我不要了。」

「喂，沒有這樣的吧。」

老闆不滿地瞪著我。如果他再次口出惡言，我準備翻身過去掐住他的脖子。

不過老闆也不是傻瓜，似乎從眼神察覺到我是認真的，把到嘴邊的話吞了回去，滿臉遺憾地將鈔票還給我。

「替我傳話給醫生。」老闆應該會將我到這裡的事告訴醫生。「明天我想和他見面。你跟他說，如果不來，我會把手邊的東西送交合適的對象。」

我手邊到底有什麼，合適的對象又是什麼人，連我自己都不知道，要暗示也該有個程度。雖然我覺得有點過火，但不知是桃放出去的流言奏效，還是我的演技絕佳，只見老闆老實地點點頭。

我接下鈔票，收進皮夾裡。走出店門口，我又回頭一看，老闆立刻挺直背脊。不像在背後準備好手槍，大概只是單純害怕吧。

「你通報了吧？」

「咦？」

為了處理麻煩的客人，店裡一定有通報裝置。像是門把的按鈕或是地板的突起之類的，不讓客人察覺的操作機關。通報對象可能是警察，或是會以強硬手段趕客人出門的保全業者，我不認為那會是能和我抗衡的對手，這樣一來，可能是叫警察來。拿著在這裡買的東西走出去時，大概就會撞上警察。

「醫生寧願我被警察逮捕嗎？如果我全盤托出，他打算怎麼辦？」

這麼說完，隨即想到醫生可在我被剝奪自由後，拿家人來威脅我。甚至可能派遣業者到警察機構裡，這樣確實能夠壓制我的抵抗。

我一走出店外，兩個制服警察迎面而來。

「啊，不好意思。你剛剛在做什麼？」他們開始例行盤查，我裝傻回答，「我在那家釣具店看看有沒有什麼好東西。」

不知我看起來像不像會去釣魚的人，兩個警察盯著我半晌，問道，「可以看一下你的隨身物品嗎？」

「當然。」我立刻打開背包和皮夾給他們看。

我可以走了嗎？這麼一問，他們意外乾脆地讓開。

如果他們是接到釣具店的通知才來——我想八九不離十，可能是料到我並非一般人。他們可能決定進行例行盤查，發現違反《槍械彈藥管制法》的物品就另當別論，但如果不是這樣，就不要來硬的。當然，若是對方想要動手做些什麼，我也打算強行突破，不過並未發生這種事，我才能當場離開。

我漸漸覺得綁手綁腳了。

克巳

大輝低著頭在公園的大片草坪上繞來繞去。因為平衡不佳，看起來隨時都會跌倒，我好幾次都想伸手扶他。茉優大概看穿我的想法，對我說「在他跌倒前就去扶他不太好」，所以我忍了下來。「雖然不想讓這孩子跌倒，感到疼痛，但也不可能一直看著他。」

我很清楚只要活著，就一定會跌倒，不如讓他早點習慣怎麼爬起來比較好。「可是在心情上，就是會一直想要保護他。」

不管兒子大輝做什麼，看起來都很危險。

「總有一天，他得一個人活下去。」茉優像是說給自己聽，「不過，這還是許久以後的事。」

我點頭同意，但很清楚那並非許久以後才會發生的事。

在我小時候，父親思考過相同的事嗎？

「克巳，你和你爸好像。」

「什麼意思？」

「你最近很常提到你爸，我也想多了解一些。前陣子，媽媽寄給我一些以前的照片，打開一看，覺得你們真的很像。」

「父子簡直一個樣嗎？以前很少有人這麼說，頂多就是我媽。」

這時電話響起。週末假日想和家人在公園裡悠哉一下，到底是誰打電話來？一看來電顯示，發現是醫生打來的，我按下通話鍵。他完全不打招呼，劈頭就問，「知道是哪裡的鑰匙了嗎？」

到這種程度，我不得不提高警覺。為什麼這個醫生會如此在意父親？當然，一開始是我去找他的，可是他當時表現出來的，是完全不記得以前的患者，毫不關心的態度。然而，現卻特地在休假日打電話來問，他為何那麼執著於那把鑰匙？

「我還不知道。讓你這麼操心，真是不好意思。」我委婉暗示「你是不是太在意了」，但他像是無法理解婉轉語彙的電腦，回答「不，我無所謂」。

一旁的妻子有點擔心地看著我，這時候我看見大輝在草坪上摔一大跤。

哇！妻子衝過去。

「抱歉，查出是哪裡的鑰匙後，我會再聯絡你。」我不管醫生還有話想說，掛掉電話，慌張地衝到大輝身邊。他摔倒很驚訝，但可能覺得很有趣，於是往前翻滾起來。孩子比我想像中堅強，以為他們毫無力量的，就是為人父母的我們。

一陣強風吹過，草坪上的細草宛如動物體毛似地搖晃著，我們像乘坐在動物的背上。這麼一想，下方的動物將折疊的腿伸展開來，站了起來。當我想著從未見過的動物，守護著坐在牠背上的我們一家三口時，忽然覺得那張臉看起來就是父親。

「你在笑什麼？」茉優訝異地問我，我才發覺自己正在笑。

我回答她，因為我想到很詭異的生物，她側首不解地看著我。

那天傍晚，我去洗衣店拿西裝時，電話響起。我以為又是醫生打來的，一接起就聽到一道爽朗的聲音，「我查出來了。抱歉讓你久等，我知道那是哪棟建築物的鑰匙了。」是那個鑰匙業者。

可能是很有成就感吧，他的話聲相當雀躍。雖然我還在洗衣店裡，卻也跟著覺得「太棒了！」他會用電子郵件將詳細資訊寄給我。

「有什麼好事嗎？」洗衣店老闆從店內深處回來時這麼問我。他將乾洗完的西裝摺好，放進袋子裡。

「算不上什麼好事啦。」說不定能解開父親的祕密了，話到嘴邊我又吞回去。如果是祕密，有必要特別挖出來嗎？雖然心生罪惡感，但事到如今，不繼續往下查不行。

「朋友在父親死後整理他的房間時，找到女高中生的制服。那不是違法的東西，好像只是單純喜歡收集。」晚上大輝睡著後，我告訴妻子父親的那把鑰匙，是某公寓的鑰匙。

「用來欣賞的嗎？」

「說不定是拿來穿。不過，真的是頗有規模的收藏。啊，不過在調查爸爸的事上我也推了你一把，事到如今跟你說這種事有點不好。」

「沒關係。」要窺看不能打開的門後有些什麼，需要有所覺悟。

「克巳也要有覺悟比較好。那裡可能會有你從不知道的爸爸的另一面。畢竟媽媽也不知道吧，說不定不要知道比較好。」

我前幾天打電話給母親，若無其事地提起公寓所在地，試著確認父親和那裡有沒有淵源，但母親似乎毫無頭緒。

「嗯，也是。」我並沒有把事情看得太嚴重。如果是奇怪的性癖好，我雖然會感到驚訝，不過還是會接受。要是發現大量寫著辱罵母親內容的筆記本，我也會覺得很愉快，畢竟誰都需要情緒出口。

克巳，在老婆不在的地方，才能說老婆壞話的人，不算真的怕老婆。我彷彿聽到父親的聲音。

為了讓茉優安心，我這麼對她說「如果裡頭放著老爸以前殺的人的屍體，那就很嚇人了」。能開這種玩笑，表示我對一切仍樂觀以對。

「那把鑰匙會不會是爸爸撿到的？」茉優問。

「然後放在房間裡？」

「對，放著不管。」

這也不無可能。「不過，都走到這個地步，我想查到最後。」

我試著在網路上檢索那棟公寓，在房仲網站上發現那裡恰巧有一戶要賣。我打電話過去，用刻意到自己也受不了的方式，纏著對方給我公寓管理員的聯絡資訊。

雖然打算直接前往那棟公寓，不過我想要先收集一下情報。

管理員是個口齒清晰的男人，他問我，「你要幹麼？」這口吻該說是裝熟，還是隨便？總之，有些粗魯。

和剛剛跟房仲交手時不同，我判斷與其胡謅有的沒的，不如老實一點。我告訴他，我在十年前去世的父親房裡，找到那一戶的鑰匙。以為他會驚訝地反問「你在說什麼？」沒想到完全出乎預料，居然說「去世了嗎？難怪沒再看過他」。

「你認識我父親嗎？」我幾乎要撲上去問，房仲回答，「我賣了一戶給他。當時他急著要買，但在那之後，我就沒再見過他。」

「你是說，沒再看過他了嗎？」

「是啊，完全沒看過。」

「換句話說，他沒付房租？」

「我不是租給他，是賣給他。」

「貸款呢？」

「一次付清。」

「我父親一次付清，買下公寓？」

那些錢從哪裡來的？而且，還瞞著母親？

父親究竟從哪裡得到那些錢？該不會父親的祕密和那一大筆錢有關？我察覺自己心跳加速。接下來要進去的地方，或許比我想像中更深入、更黑暗。之前覺得就算是祕密洞穴，也不過是鐘乳石洞穴的程度。事到如今，我才察覺很可能是一片漆黑，踏進去卻一腳踩空，無人生還的可怕洞穴。

「我可以去看房子嗎？」

「你要是有鑰匙可以開，我不會阻止你，畢竟那是你老爸的房子。」

「這樣的話……」選日不如撞日，我考慮今天就去一趟，下午跟公司請假。

「啊，」過了一會，管理員忽然說，「不行。」

「不行？」

「你老爸囑咐不能讓人看、不能讓其他人進去，家人尤其不行。他不想讓人看到裡面。」

「我爸這麼說？」

「我跟他約好了。」

「十年前的約定，時效早就過了吧？」

「我在這種地方意外守規矩。」

是嗎？那就沒辦法——我可不能這麼一句話就讓步。我加強語氣，表示今天傍晚要過去一趟。

「你老爸強調，這房子對家人來說是最高機密，你不能打破吧？」

「這早就不是什麼機密。」對，既然我知道公寓的存在，就不能當成沒這回事。

在公司這段時間，我坐立難安。父親究竟在那裡藏著什麼？我的想像愈來愈誇張，像是即將知道病狀的精密檢查結果，樂觀和悲觀的波浪交互來襲。

一吃完午餐——其實根本只啃幾口麵包，我立刻前往目的地的公寓。

換乘電車，走在初次踏上的街道時，我感受到來自某處的視線。環顧四周，沒有任何認識的臉孔，我不禁覺得是，父親從上空望著我。喂、喂，眼前浮現父親焦急的臉孔，對我說「拜託你，不要管我」。

不論發現任何糟糕的東西，我都會對母親保密。

我順利抵達公寓所在地。那是一棟位在老街裡的小巧建築，外觀簡約，充滿清潔感，採光也不差。

讓情婦住在這裡不壞吧？父親似乎在對我這麼說。果真如此，那個情婦現下仍住在這裡嗎？

多麼缺乏現實感的想法，我暗暗思索著，赫然驚覺，就算不是情婦，也會是和父親十分親近的人吧？

聽說父親的雙親很早就去世，我當然沒見過，母親應該也是。如果故事結局是那對父母還活著——說故事結局有點失禮，但不無可能。

然而，真是這樣，公寓管理員沒道理沒見過他們。

父親該不會把什麼人關在那裡吧？不祥的恐怖想像浮現在腦中。這時，背後傳來「那棟公寓在哪裡？」的話聲，我驀然回頭。

由於只認得對方在診所穿著白衣的樣子，看到他穿外套和我正面相對時，反倒一下認不出來——是那個醫生。

兜

我想著今天就要做個了斷，將早餐送入口中。甜食能撫慰我的精神，所以我從冰箱裡翻出布丁。我本來很討厭甜食，不過在妻子的推薦下，吃到後來也漸漸喜歡上，甜食真是了不起。

妻子似乎在洗衣機那裡忙著，不好為了詢問能不能吃布丁去打擾她。靜靜吃起布丁之際，克巳從二樓下來。

他滿臉睡意地跟我打了聲招呼後，望向我的手邊。「那個……」他指著布丁，「不是老媽要吃的嗎？」

我慌忙停下嘴裡的動作，但為時已晚，蓋子已丟掉，也不可能把吃掉的布丁放回去。「慘了。不，這布丁真好吃。」

「沒這麼嚴重吧。」克巳同情地看著我。

「不，很嚴重。算了，我之後再買回來。」

與其想個很爛的藉口或是辯解，裝成沒事是最好的方法。為了湮滅證據，我把剩下的布丁倒進嘴裡，洗淨塑膠布丁杯。

「老爸，那個杯子丟我房間吧。」

「咦？」

「你不想被老媽發現吧？那就塞到我房裡的垃圾桶。」

真是太令人感謝的提議。我感激地將布丁杯交給克巳，接下來就委託他處理。

「老爸，你為何那麼怕老媽？」

「怎麼突然冒出這一句？」我本來想說「我什麼時候怕她了」，不過絕對會被立刻拆穿，只好吞下肚。

「我以前就想問你。」克巳笑著說，「如果人生能從頭來過，老爸絕對不會跟老媽結婚吧？」

「這什麼問題！」我擔心在洗衣服的妻子聽到克巳的話。

「你多少會後悔吧？」

我不是裝傻，那一瞬間確實沒聽懂克巳想說什麼，半晌後才理解他的意思，「即使從頭來過，我還是希望像現在一樣。」

「從頭來過，還是要跟老媽結婚？」

我甚至覺得沒必要點頭，「然後再次生下你。如果不是這樣，就太痛苦了。」

「什麼，那你不就會再過著成天看老媽臉色的日子？」

我忍不住笑出來，「是嗎？從你的角度看來，我是這樣在過日子？」

「怎麼看都是如此。」

「但你媽媽……」就算克巳不懂，我還是要說，「有過許多優點。」

用「有過」這個過去式的說法，我自己也嚇一跳，卻同時讓我思考起，至今我以專業人士的身分接下的許多工作。這樣的自己有任何「優點」嗎？

那麼，我該怎麼做？

出門前，我有點煩惱不知怎麼處理公寓鑰匙。就是剛買下的公寓鑰匙。

前幾天，管理員說「既然你想立刻搬進去，鑰匙就給你吧」，將鑰匙送來給我。為了因應隨時可能出現的買家，他替房門換上新鎖。我煩惱一陣子，把備份鑰匙留在家裡。如果隨便亂藏，妻子可能會發現。從這樣的角度來看，只可能是徒有虛名的「我的房間」的儲藏室。我在儲藏室裡藏匿一個紙袋，裝著寫滿與妻子的互動經驗的筆記本，才是曝光就萬事休矣。不過，只要一有時間，我就會更新內容，簡直是生涯巨作，根本捨不得丟掉。我還動了點手腳，將妻子搬不太動的紙箱擋在前面。

「你一早就乒乒乓乓地在搞什麼？」終於藏好備鑰，妻子的話聲傳來，我當然是立刻道歉，連忙將儲藏室恢復原狀。

接著，我匆匆忙忙離家，佯裝成出門上班，實際上是四處奔波買基本生活必需品。我買好窗簾和簡單的椅子，不過沒時間等廠商送到公寓，所以搭計程車自行搬運。其他必需品則是從出租倉庫裡拖出來，等我將公寓內部搞定後，已過中午。

我鎖上門，搭電梯下樓。走出電梯時，在玄關大廳碰到管理員。雖然是株老樹，卻依舊生意盎然，他的氣質始終沒變。

「房子如何？」

「我剛把行李搬進去。」

「不想被家人看到的東西嗎？」

我點點頭，實際上確實如此。關於每個月的管理費，我已辦好帳戶自動扣繳。那是瞞著家裡開設的帳戶。「對了，請絕對不要開門。」我半開玩笑，半認真提醒。

「我？那是你的住處，我就算在意也不能怎樣。這棟公寓有不少我好幾年都沒見過的住戶，搞不好根本都死在屋裡。」

「稍微注意一下比較好吧？」

「是嗎？」管理員皺起眉，「你當過管理員？」

「咦？」

「『管理』是有限度的，不可能全部確認，我的精神會承受不了。光是我能看到的，就讓我幾乎不堪負荷。如果連看不到的地方都要在意，誰撐得下去？」聽他的口吻，彷彿有所謂的「管理員生存之道」。

雖然不太懂，我仍覺得「原來如此」，同意他的說法。

「算了，如果你有想藏起來的東西，就藏在我看不到的地方。」

了解。轉身離開前，我想起一件事，「就算是我的家人來，也絕對不可以開門。」

「這是指祕密曝光嗎？」

「希望不會發生這種情況。」我聳聳肩，「拜託，絕對不要讓他們進去。」

「絕對嗎？」

「是的。」

「他們看見會怎樣？」

我反覆思索，才想出該怎麼回答，「一切就太遲了。」留下這句話，我離開公寓。

我和醫生約好的地點，距離公寓五百公尺。那裡有座公園，出入口附近設有時鐘塔。一到晚上就會點燈，周遭會變得很熱鬧，不過，沒有點燈的白天沒什麼人影。我請醫生到時鐘塔下方稍等。

醫生一步也不會離開診所。實際上，他以「我不出診」為由，一口回絕我。我頑固地不肯讓步，「我沒蠢到現在還去你那裡，太危險了，所以我們只能在外頭見面。」我還補上一句，剛剛回去的時候，計程車就翻車了。總之，他要是不來時鐘塔見我，我就會把情報散播出去。最後，我指定時間和地點，威脅「要是敢不來，你就知道了」，掛斷電話。

「他會來嗎？」

前一天才通過話的槿冷淡地問。

「應該吧。」

「應該？你沒有十足把握就委託我嗎？」

「我會先付錢給你，就算醫生沒來，你也不用還我。」

「是嗎……」槿平淡地回應。我忍不住懷疑，這世上根本沒有什麼「推手」，我只是在跟幽靈講話。

彷彿可以依賴，又好像不能信任，不可思議的業者。

前往時鐘塔的路上，我發現三個中學生圍著一個比他們小的少年。

明明有這麼多事，為什麼讓我碰到這種麻煩的場面？明明應該視而不見，但一看到他們的體格和人數的差異如此巨大，如此不公平，我忍不住開口，「喂，你們在幹什麼？」

三個中學生掃興地望向我。

「怎麼看都不公平吧？你們有三個人，他只有一個人。」

不公平又怎樣，關你屁事！露出這種表情的臉孔，帶著稚氣。「大叔，滾一邊去。」其中一人說道。

「我來加入小學生這邊吧，怎麼樣？」

「咦？」

「這樣很公平吧。不，變成我們這邊太有優勢，不然讓你們用武器吧，你們有什麼武器？」

三個中學生面面相覷，其中一個手伸進口袋。

「你們有刀嗎？沒有的話，我借你們。不過，你們要認真一點。既然你們握有武器，我也有理由用強硬一點的手段對付你們。」

我其實沒時間和人吵架，但我實在太痛恨欺負弱小，又自詡強者的人，完全沒辦法坐視不管。

不料，他們當場轉身離開。小學生愣愣看著我，我覺得很尷尬，卻不能一聲不吭地走人。我在口袋裡發現糖果，是前陣子在客戶那裡拿到的。「吃這個可以恢復精神。」我把糖果遞給那個孩童，「當小孩會有許多辛苦的地方，不過你要加油。」

我想起克巳小時候的模樣。

「那個……我沒有朋友。」少年細聲開口。

「我也沒有。」我對他說，「可是，我現在過著很幸福、很充實的日子。」

少年露出害怕的神情，我心想太多話了，轉身離開。

此刻，我站在時鐘塔下。

不管醫生利用何種交通方式，只要來這座公園的時鐘塔，就必須穿過公園正面的馬路。他一定會走斑馬線，而且車流不斷，應該十分適合下手。

在這之後，如果醫生出現在我面前，表示推手失敗。相反地，如果接到槿工作完成的聯絡，或是從那條大馬路上傳來有人被車撞倒的騷動，就是我的勝利。

我等待著其中一個結果。

是吉，還是凶？應該是一半一半，但眼前的狀況背叛我的預測。從沒料到會這樣發展，或許世上不只有橫軸和縱軸。

一個男人走過來。那人不是醫生，我沒放在心上，然而，他卻直直走向我。那是一張似曾相識的臉孔，我開始回溯記憶。

他站在我的面前，痛苦地皺起眉時，我終於想起他是誰。

前陣子才在百貨公司見過。

「事情變成這樣，真的非常抱歉。」奈野村說道。

這時，我才察覺計畫並未順利進行。

醫生沒解釋出現在這裡的理由，以及怎麼知道這裡的，只吐出一句，「我很想知道令尊的事。」

他跟蹤我嗎？雖然覺得不可能，但若非如此，我怎會和他碰個正著？

「今天不需要看診嗎？」我隨口一問。

醫生沒回答，反倒走近我。他微微伸出右手，以為他拿聽診器對準我，我驚訝到陷入混亂。仔細一看，像聽診器的東西根本是手槍，我不得不懷疑自己的眼睛出問題。

那是玩具嗎？不可能是真貨。他將那東西抵住我的側腹，對我說「去那棟公寓吧」。這一剎那，我寒毛直豎，一陣戰慄竄過全身。

那是真貨嗎？

我無法理解現況。

為什麼會有手槍？醫生為什麼要這麼做？

周遭的景色瞬間變得模糊，有種大腦浮在半空中的感覺。

這不是現實。

或許是如此祈禱的我，拚命麻痺自己感官的關係，我甚至不覺得踩在地上。

和我的期望相反，事情不斷發展。我像大富翁的棋子，被某人從上面抓住，在紙面移動。

等我察覺時，我們已進到公寓裡。我沒有任何聽到管理員告知住屋號碼的記憶，也不曉得自己怎麼進到電梯，不知不覺來到上面的樓層。

「哪一戶？」拿槍對準我的醫生，從背後發問，聲音毫無感情，我忍不住想回頭看他此刻是什麼表情。「請往前直走。」他的話語像冰冷的鐵塊抵到我身上。

從電梯出來，走廊往左右延伸，我頓時不知該往哪邊走。確認每一戶的順序後，我走向右邊。

「說不定會有住戶經過，萬一他們看見那麼危險的東西，不太好吧。」我向醫生搭話，但醫生沉默不語。「為何那麼在意我父親？」

他依然沒回答。

老爸和我在走廊仰望著更高的天空，忍不住想問，這到底是怎麼回事？

奈野村緩緩眨了好幾下眼，彷彿在謝罪和祈禱。

按奈野村的指示，我們來到附近辦公大樓的樓頂。搭電梯抵達最上層後，再移動到附近的逃生梯。若是平常，應該不能上來，不過我們還是一起上來了。

晴朗的天空非常美麗。

我感到很抱歉。至今為止，被我奪走生命的人當中，有人是在狹窄的房間結束生命，有人死在滂沱大雨當中。甚至有不少人，根本沒察覺自身的死期來臨。

這麼一想，我就覺得自己實在非常幸運。若有人指責我獲得特權也不奇怪。

「沒想到會再和你見面。」我開口道。雖然我是真心的，不過奈野村或許會覺得我在挖苦他吧。

「對不起。」奈野村還沒亮出武器，大概是藏在衣服或是身體的某處。

「不，不是奈野村先生的錯。」

「那一天非常謝謝你。」

「什麼事？」

「自動販賣機的找零。」

「喔。」

「幫了我大忙。」

在時鐘塔見面時，奈野村單刀直入地說，「我不能讓你動手。如果不這麼做，我兒子就會沒命。」

我立刻察覺是怎麼回事。醫生委託奈野村來收拾我。打算退隱江湖的他，當然不可能高高興興接下這項工作，所以必須給他一個動機，就是他兒子的命。看來，他兒子應該是被綁架到某個地方。

而且，奈野村的領口別著一個麥克風，醫生可能正在聽我們的談話。大概是要防止我和奈野村密談，商討反擊的方法吧。

不知何時，奈野村取出手槍對準我。他迅速走近，開始搜我的身。他不停道歉，將我身上的東西都拿出來。

連公寓鑰匙都拿。

「那是……」我一開口，奈野村將鑰匙往大樓外一丟。他或許認為那可能是偽裝成鑰匙的武器，我也確實看過鑰匙形狀的小型炸彈，有必要小心。

我注視著鑰匙消失的方向，生存的的選項接二連三被奪走。

「三宅先生，你到底想做什麼？」奈野村問我。這口吻和將棋或圍棋賽結束後的賽事檢討如出一轍。

「我想把醫生逼到外面，拜託人趁機把他推到馬路上。」

我不清楚奈野村曉不曉得「推手」，不過他同情似地聳聳肩，「他就算要到外面，也不會單獨出門。」醫生非常慎重，又愛擔心，想必會帶著許多護衛出門。但我認為推手會想辦法完成委託，賭了這麼一把。沒想到，連能不能賭成都談不上。

「盛者必衰，他只有現在能帶保鑣出門吧。」我故意講給麥克風幕後的醫生聽。「要是哪天落魄了，只能自己動手處理。」

奈野村又露出憐憫的表情，「再過五年也沒辦法。」

「我打算五年後再試一次。」我笑著說，「沒辦法嗎？」

「三宅先生，對不起。」我覺得槍口好像筆直往前伸了。

你不需要道歉，至今我做過太多次相同的事。

剛剛對那群中學生說的話掠過腦海，「太不公平了吧。」我一直都在奪走他人的性命，卻希望自己的人生能夠過得安詳長久又幸福，怎麼想都不公平。此刻，只不過是以前做的事報應到我身上。

和初次見面時相比，跟在我身後的醫生顯得不那麼像機械人，身上少了幾分冷漠，看起來老了很多。可能是他在診所都穿白袍的關係吧。

他喃喃低語。我仔細聽過他在說什麼，原來是在哀嘆自身落魄，不得不單獨出門。

「這是什麼意思？」當我想發問時，醫生催促道，「你趕快往前走。」

醫生被什麼附身了嗎？到底是什麼？是妄想，還是別的？

走廊盡頭是父親那把鑰匙的屋子。一站到門前，突然覺得那扇門好大。

像是阻擋去路的士兵的盾牌。

父親的祕密就在裡面嗎？

「請開門。」醫生出聲。

從口袋取出鑰匙的瞬間，鑰匙掉了下去，我不是故意的。我逼自己冷靜，手腳卻不停發抖。慌慌張張想撿起，卻撿不起來。

「請問……」我內心在意的事脫口而出，「你知道我父親死前的狀況嗎？」

「不知道。」醫生面無表情地回答。

「我不認為他是自殺。」

醫生緊盯著我，視線彷彿要穿透我的內心，「怎麼說？」

「那一點都不像他。」

醫生的表情出現微小的裂縫，我不知道那是笑容還是不滿，不過我知道這個人非常討厭父親。「你究竟有多了解令尊？」

「什麼意思？」

醫生沒回答我。

「我父親最後發生什麼事？」他是否留下給我，或是母親的訊息？我甚至想要接著問。話一出口，我才理解自己想知道什麼。我從十年前就一直在尋找父親留下的東西。

「令尊……」醫生仍維持著能面般的表情，「很害怕。」

「害怕？」

「他很怕死。」醫生帶著譏嘲，冷哼一聲。

我懂了，不能把醫生的話當真。「請不要說謊。」

「死亡是很恐怖的，一切都會消失，令尊當然也會害怕。」

「沒這回事。」我能夠斷言，「在這世上我父親最害怕的是……」

「是什麼？」

「是我母親。」我應該要笑出來，眼前卻忽然一片模糊。

我仍舊面對奈野村舉起雙手，「你沒必要殺我，我會自己去死。」我這麼告訴他，「我會跳下去，一切就結束了。」

樓頂上雖然有鐵絲網，不過有個地方破洞，我應該可以從那裡跳下去吧。

「只要我死了，一切都能解決。奈野村先生也就不用開槍吧。」我邁開腳步，「坦白講，其實我很心虛。我至今為止做的事是無法獲得原諒的，畢竟我殺了那麼多人。這麼說很奇怪，不過就算我死過一次也無法抵銷。」

「真要這麼說，我也一樣。」

「不，奈野村先生，你要好好活下去。」這話很沒邏輯，但我真心這麼想，「剛剛你出現的瞬間，我就知道接下來該怎麼做。喂，這樣就全部結束。」最後這句話，我是對著奈野村的麥克風說的，對著應該在另一邊頭的醫生說的。然後，我不自覺地嘆了口氣，「真是的，什麼作戰計畫，都只是紙上畫大餅罷了。」

「你沒準備另一個計畫嗎？」

「那邊也派不上用場。」

我推開破損的鐵絲網，走到外側。站在大樓邊緣，和下方的街道之間沒有任何阻礙，正面是一片藍天白雲。藍得宛如大海，等待著我。

這顏色真是太美了。

「那個……」奈野村在我身後，他已放下槍。好天真，我忍不住想笑出來。萬一我在這裡動手反擊怎麼辦？那份天真讓他看起來比我善良多了。「你沒有話想對家人說嗎？」他問我。

「對家人說話？」

「嗯，我會替你轉達。」奈野村認真地承諾。

我稍微思考一下，開口，「不管什麼時候，我都守護著你們。雖然你們看不見也聽不見我，但我會一直看著你們，呼喚著你們。」

「好。」

「不，還是算了。」我搖搖頭。用雙手奪走生命的人，無法為家人留下隻字片語。這樣彷彿只有我拿到優惠折扣，我有點心虛。「沒關係，什麼都不用說。」

就這麼結束也不壞，我不是騙人的。雖然無法看到克巳的未來令人遺憾，但我本來就不可能永遠和他在一起。

硬要說的話，不能向醫生報一箭之仇很可惜，這也沒辦法，我是輸給了勝負這回事吧。

死亡並不恐怖。不過想到死掉以後，妻子會生氣，我有點害怕。

像是飛下樓頂邊緣，我往半空中一跳。妻子和兒子的臉孔占據我的腦海，感覺時間停止，我就這麼浮在半空中，然後往下掉落。不久，我將會撞擊地面，身體會和魂魄一起四分五裂。急速墜下之際，和家人的回憶接二連三地浮現眼前，胸中充滿溫暖的空氣。

當我撿起鑰匙時，一個老人從走廊另一端走過來。「啊，是你嗎？打電話給我的那個小伙子？」

「您是管理員嗎？」

他似乎正在巡邏。一旁的醫生離開門邊，迅速將手槍藏到身後。他可能想避免事情變得麻煩，也可能想看狀況使用那把槍吧。「我們想確認屋裡的狀況。」醫生說道。

「哦，是嗎？請便。我的方針是不干涉他人隱私，請隨意。」

「那就不客氣了。」醫生對我使了個眼色。

我伸手靠近鑰匙孔，管理人忽然開口，「對了，不行、不行。」

「咦？」

「我在電話裡提過，家人不可以看屋裡的狀況。」管理員揮著手，像是宣布比賽中止的裁判。「我跟你爸約好了。真危險，差一點破壞約定。糟糕，最近老是忘東忘西。」

醫生露出掃興的表情，看著管理員，「不管是什麼約定，這男人早就死了。」

「就算死了，約定還是約定啊。我記得他曾說，萬一家人看到，一切就太遲了。」

聽到這句話，我更相信這個屋裡收藏著父親不為人知的祕密。

不要開，我似乎聽見父親嚴肅地強調。既然父親講得這麼嚴重……這麼想的同時，我往後退了一步。

醫生當然不打算停手，他彷彿說著「既然如此，就由不是家人的我來調查，豈不正好」，搶走我手上的鑰匙，插進鑰匙孔。

十年都沒用過的這道鎖沒辦法順利打開，持續發出一陣喀擦聲，但我無法叫醫生住手。

半晌後，醫生將手放到門把上，緩緩將門往外拉開。這一瞬間，我覺得醫生蹂躪了父親生前的期望，感到一股強烈的厭惡。因為父親想隱藏的祕密被強硬地挖出來。

請住手，我說到一半……

之後，我聽到一道劇烈的聲響。咻，宛如風聲。

一切發生在轉眼之間。

像是一隻大手狠狠抽了公寓牆壁一巴掌，我感受到一股巨大的震動。與此同時，醫生的身體從門口往後飛去，背部用力撞上走廊的欄杆。

我眨了眨眼。

醫生雙眼圓睜，彷彿從嘴中吹出泡泡。他的嘴唇稍微動了一下，但那顯然只是生命的餘溫。有什麼東西從他的胸口穿出。我好一段時間都無法理解，其實是屋裡飛出一支箭，插在醫生的胸口。

克巳

管理員備受衝擊，不過還是比我好一點。「這又是怎麼回事？」他彎低身體，警戒著慢慢穿過大門，進入屋內，「有人從裡面射出一支箭。」

雖然我勸他「很危險，不要進去比較好」，但他不理我。無奈之餘，我跟著進去。我不敢直視醫生，不過用眼角一瞄，也看得出醫生確實死透了。

屋裡空空蕩蕩，沒有任何家具和日用品，只有窗簾。從玄關直直往前延伸的走廊盡頭，房間裡有一把椅子，上頭裝置著像是大型弓箭和槍合體的器具。

「我的老天，這是什麼啊，是十字弓嗎？」管理員在那個器具旁，以手指確認觸感似地緩緩摸著。

十字弓？聽過這個名詞，卻是第一次目睹實物，我只覺得看見兒子的變身玩具。

我再度回望玄關。這把弓的前端確實筆直朝著大門，弓的下方掉落著長長的帶子。

「利用這條帶子，設計成一開門就會啟動十字弓的開關嗎？」管理員一臉佩服，「這機關真厲害，是你父親設計的嗎？」

我當然無法回答。是嗎？這是父親做的嗎？目的是什麼？在問這些問題前，我無法相信父親能做出這些安排。

腦袋益發混亂，彷彿有大浪打過。接著，讓我更感到脫離現實的是，出現另一個男人。

「原來是這裡嗎？」走進來的是洗衣店老闆。

我似乎做著毫無邏輯的夢。

他為什麼會在這裡？我不禁懷疑他是來送洗好的衣服。

「那個……」我不知該如何談下去。

「雖然位置資訊告訴我是這裡，但無法告訴我到底在幾樓，所以我從下面開始一層層地找，總算找到了。」洗衣店老闆解釋。

「位置資訊？」我完全搞不清狀況。

洗衣店老闆抓抓頭，「說來話長。」

「我不知道有沒有辦法聽你說來話長。」我輪流覷向十字弓和倒在走廊上的醫生，覺得自己似乎正愣愣眺望著天空的雲朵。

洗衣店老闆走出去，將醫生拖進屋內，「被看到就麻煩了，先放在這裡吧。」

管理員終於有點受不了地抽動臉頰，不過還是對我說，「這是你父親的屋子，隨你高興怎麼處理吧。」

洗衣店老闆首先指著我，「你的西裝裡有追蹤器。」

我不明白他在說什麼，「我的西裝？」

「對，裡頭縫了追蹤器。」

「不，沒這回事。」就算是大拍賣，我也不可能買那種東西。

「有的，我前陣子還你西裝時裝上去的，之前送洗的西裝也裝了。」

我無法立刻回應。

可以這麼做嗎？有這種服務嗎？腦中浮現許多疑問，但不論哪個問題都不對，我啞口無言。半晌後，我才好奇起是裝在西裝的哪裡，試著摸一下口袋和內裡，但摸不出來。

「擅自這麼做，真的非常抱歉。」聽洗衣店的老闆這麼說，我不禁想著，「果然不知不覺中了招。」

「你為什麼要這麼做？」

他露出無力的笑容，「你的父親是我的恩人，我和我兒子的。」

「咦？」恩人？這和在我的西裝上動手腳又有什麼關係？

「你父親是為了保護我和我兒子才會死。」

「咦？請等一下，我完全搞不清狀況？」我一陣狼狽，像是有人丟了很重要的東西給我，雖然知道應該接下，但對於該如何接下，卻毫無頭緒。

「因此，起碼我要代替他保護你。」

「保護我？咦？」請等一下，我用力揮手，想將他倒轉回去，重新解釋一次。「所以，你才在我的西裝上動手腳？呃，那是監視我的意思嗎？」

「沒有那麼誇張。」洗衣店老闆的眼眶稍微變紅，「如果醫生主動和你接觸，絕對沒好事，所以我一直提高警覺。其實，應該要由我來行動，但醫生一直十分提防我，因此我無法動手。」

「動手、提高警覺，這些是什麼意思？」

「我今天接到醫生難得外出的聯絡，心想終於要出事了，所以調查你的所在地，來到這裡。只是就像剛才說的，我不知道你究竟在幾樓，只能一層一層找。」

「呃，到底是怎麼回事？」我指著十字弓。這比西裝上動的手腳更令我難以接受。不，我或許應該要問他，為什麼一點都不擔心醫生死掉？

「這個嘛……」洗衣店老闆緊盯著十字弓機關，「我也不知道，但是……」

「但是？」

「這是你父親準備的吧。」後備方案，他低聲說道。我彷彿聽到他接著說，「不是畫，而是真正的餅。」餅到底是什麼意思？

「呃，我父親……」到底做了什麼？普通人有辦法這樣設置十字弓機關嗎？

「報一箭之仇。」洗衣店老闆這麼說的瞬間，我回想起父親說過「螳螂的斧頭」的故事。面對比自己巨大的東西時，螳螂會將前腳交叉成斧頭的形狀，挑戰對方。那不是微弱的抵抗嗎？有時候也會奮力一擊。那是我說的，還是父親說的？

「難道這個機關就這樣放了十年嗎？」管理員問道。

「恐怕是。」

「哦，真是了不起。」管理員感嘆著，摸了一下十字弓，「至今為止都沒有搖晃或鬆開嗎？如果這棟公寓重新翻修，他打算怎麼辦？」

「他應該也沒想過十年後才會用到吧。」洗衣店老闆應道。

「我搞不清楚了。」

我當場跌坐在地，彷彿腰部以下的力氣全為地板吸收，不禁害怕永遠站不起來。

「我想拜託你們……」半晌後，洗衣店老闆嚴肅地開口，「這裡能不能交給我來處理？」

「交給你？」我問道，管理員也蹙起眉，「什麼意思？」

「全部交給我。」

「全部？」

「我會處理掉屍體，還有今天在這裡發生的所有事情……」

「要我們當沒看見嗎？」管理員的反應比我快多了。

「麻煩你們。」

管理員雙手交抱，沉默一陣，聳聳肩，「算了，我無所謂。我不會管住戶屋裡發生什麼事，我不打算介入他人的隱私。」

這樣可以嗎？這不是顯然超出個人隱私的範圍？為何那麼簡單讓步？放手不管沒問題嗎？

可是，洗衣店老闆沒理會我的困惑，向我們低頭道謝。雖然沒有理由讓他道謝，還是跟著低下頭。洗衣店老闆說，「我不會給你們造成麻煩，請交給我。」

「活久一點，能碰到這種有趣的事。」管理員一臉滿足地走出屋外，甚至散發出一種「這樣一來全部解決」的清爽感。

你的公寓裡可是有人死了，怎能那麼冷靜？

雖然無法接受，但一方面也覺得，要是管理員報警，洗衣店老闆不會老實同意吧。他應該會使出更強硬的手段。雖然說著「拜託」，但弦外之音有著強烈的恐嚇意味。那不是懇求，而是威脅，管理員或許察覺這一點。換句話說，我只能接受他的期望。

剩下我們兩人的時候，他喃喃低語，「我一直都在做骯髒的工作。」

「什麼？」

「所以，很想做可以把東西弄乾淨的工作。」

「什麼意思？」

「我才會開始經營洗衣店。然後，我非常在意你，才會在你家附近開店。」

「對不起，我從剛才就很混亂，這到底是怎麼回事？」

洗衣店老闆瞇起雙眼，皺紋的形狀變得很溫柔，「你和你父親……」

我和老爸？

他到底想說什麼？我訝異地看著他的臉變得扭曲。就像是榨果汁，他開始流淚，讓我愈來愈困惑。

「你和你父親合力打倒了他。」

「打倒他？」是指那個醫生嗎？為什麼要打倒醫生？

他號啕大哭，然後緩緩點頭，「齊心協力打倒了他。」

「呃……」雖然對大受感動的他很抱歉，但我全身上下都被問號包圍，動彈不得。

「我父親到底是什麼人？」我好不容易才問了這個問題。

聽到這裡，他的眼眶又紅起來，「你的父親……」他話說到一半，露出笑容。

「是什麼人呢？」

「你的父親就是你的父親，只有這樣。」

「這……」

「他就只是你的好爸爸，不是嗎？」

克巳

回到自家公寓的路上，我始終宛如陷在夢中。茫然走在車站人群裡，還從車站騎腳踏車回家，沒出事算我運氣好。

「請把這些事都忘掉。」洗衣店老闆的聲音迴盪在我的耳朵深處，「全部忘記也沒關係。」

「全部忘記嗎？」

「不，不可以忘記你父親。」他微笑著說，「只是，不要記得這些亂七八糟的事。」

父親買下的公寓，死去的醫生，大門打開的同時也隨之啟動的十字弓機關，縫在西裝裡的小機器，這些徹底超出我想像的事是不可能輕易忘記的。然而，或許是我的大腦並不想接受這些破格的事，愈是靠近家裡，那些真實的體驗宛如從體內蒸發，變化成模糊不清的記憶。

我只和洗衣店老闆談到公寓。我告訴他那似乎是父親買下的，但不知他怎麼處理每個月的管理費。聽我這麼說，洗衣店老闆便表示交給他來處理。我不曉得該怎麼回應，總之我告訴他，如果父親有祕密帳戶，而且裡面還有錢，就請他捐給慈善機構。

「父親不是自殺嗎？」最後我才記起這件最想知道的事。

「不是。」

這個遠超出我的想像，清楚明白的答案，令我很驚訝。

那為什麼……雖然我這麼問，但洗衣店老闆只給我「他碰上一些麻煩」這種曖昧不明的回答，又補上一句，「三宅先生是不可能自殺的。」

分別之際，聽到洗衣店老闆對我說「請多保重」時，我明白那間洗衣店不會再營業。眼前浮現下次再去時，鐵捲門上貼著「結束營業」告示的場景。

當我以家裡鑰匙打開大門的瞬間，朝著我飛來的十字弓影像掠過腦海。不過，當然不可能發生這種事。如果那支可怕的弓箭是結束人生的凶器，我的狀況正好相反，是令我的人生更加富裕的光芒，也就是兒子大輝滿臉笑容地衝向我，說著「歡迎回來」纏著我不放。

「奶奶來了喔，奶奶。」

「咦？」

母親坐在客廳裡。因為是調查父親的事，被捲入麻煩的一天，我不禁覺得母親坐在我家裡，也有其道理。我問她怎會過來，茉優從廚房走出來說「我想問媽媽關於爸爸的事」。

「用郵件說明實在太麻煩，乾脆直接跟茉優說比較快。」母親解釋。

懶得寫郵件，所以直接跑來我家？我感到有些鬱悶，可能是表現在臉上，母親指責，「你的臉怎麼在抽動？」

我想起父親，「這不是抽動啦，大概是工作太累，雙頰有點僵硬吧。」眼前浮現他努力解釋的沒出息模樣。

「爸爸他啊，真的帶來很多麻煩。」母親抱著大輝，對妻子說道。

我看向佛壇。老爸給老媽帶來麻煩，是相反才對吧？

和我此刻的念頭無關，母親以有趣的口吻談起以前的點點滴滴，及父親的失敗往事。

「不過……」等母親的話告一個段落，我開口插嘴。感覺父親似乎在我身後合掌哀求「拜託了，律師大人」，內心湧起一股使命感，「我覺得老爸總是把老媽的心情擺在第一位，也很了不起。」

「你爸？他什麼時候把我的心情擺在第一位？」母親睜大雙眼，往後一仰，但我才更驚訝。

「什麼時候？一天到晚啊。」

母親捧腹大笑，「沒那回事。你爸總是過得悠悠哉哉，開心得很。」

咦，是這樣嗎？見茉優附和母親，我忍不住想舉手抗議，「庭上，反對。被告擅自捏造有利自己的記憶。」

「駁回。」背後的佛壇似乎傳來這道聲音，我不禁苦笑。我明明是你的辯護律師啊。

「不過，媽媽是怎麼認識爸爸的？」

「怎麼認識的呢……好久以前的事，我不記得了。」母親歪著頭說。

「那麼重要的事卻忘記了嗎？」

「就說是好久以前的事了。」母親重複一次，「應該是朋友介紹的吧。」就是這樣吧，我對著已不存在的父親說，想像著父親回答「就是這樣」的神情。

兜

下雨了。我從大樓後門出來，避開地面的積水，朝著大馬路奔去。或許是我多心，不過每當我進行危險的工作時，經常碰到雨天。我忍不住懷疑，是有個強力雨男纏上我。

我看一眼手表，恰恰符合預定的時間，不禁鬆一口氣。左臂忽然一陣疼痛，衣服破了，下面的皮膚在出血。

很難纏——這次的對手並不如醫生事前所說的難纏，不過對方擅長我不熟悉的格鬥技巧和用刀，不是那麼簡單的工作。只留下這點小傷就能解決，應該算我運氣好吧。

我踩著積水，泡沫翻飛。

我總是行走在黑暗的泥濘中。從小我就沒有親近的對象，始終低著頭走在小巷裡。不知是沒有像樣的學歷，或是長相凶惡，我始終找不到像樣的工作。好不容易找到工作，永遠是會讓人哭泣、流血，違反法律的業種。

我總是走在這種泥濘難以前行的路上，旁邊的人卻都能走在柏油路上。

我會一直這樣下去嗎？當腦中浮現這種疑問時，我立刻回答自己，當然會一直這樣下去。

來到大馬路後，我走進商店街。因為沒帶傘，商店街的屋頂真是幫了我大忙。不過，有種「該不會雨只下在我頭上」的感覺。就算走在柏油路上，雙腳依舊只有溼冷的感受。

我小跑步一陣，有隻手忽然伸到眼前。

「請收下。」那隻手拿著傳單。

我抬頭一看，對方是個年紀看來和我差不多，二十幾歲的女孩。我原本不打算接下，卻不知不覺將那張傳單捏在手裡。

我本來想沉默地走過去，她卻指著我的左臂說，「啊，那裡流血了。」

「血？喔，沒關係。」

「你都流血了，怎麼可能沒關係？」

是嗎？

「你臉色很差，遇到什麼事嗎？」莫非她知道我的工作，才這麼問嗎？我提防著她，不過似乎並非如此。「不，沒什麼。」

「你的表情有點嚇人。」

「是嗎？」

「要不要想一些快樂的事？說不定臉色會變得好一點。」

面對她那裝熟的態度，我提高警覺，只回答，「我想不到快樂的事。我和快樂沒有緣分，我的人生……」永遠是灰暗的。

「是嗎？」她的聲音非常溫柔，自然地傳進我的耳裡。「你看起來不像壞人啊。」我忍不住笑了出來。我犯下許多重罪，有自信被貼上標籤，拿去當史上最大惡人的標本展示。「妳真是沒有……」看人的眼光。正當我想這麼反駁，她指著我的手說，「你就用那張折價券吧。」

我一看傳單，上頭寫著「兒童樂園開幕」。那是遊樂園之類的地方嗎？大概是帶孩子去可以打折吧，我不禁苦笑，「我沒有家人。」

「這樣嗎？」聽她的口吻，無法判斷有沒有興趣。「可是……」

「可是？」

「可是，你看上去會是好爸爸。」

我茫然地反芻她的那句話，有種此生徹底無緣的東西突然遞到眼前的感覺。過了一會，我吐出一口氣。是我這輩子從未有過的溫暖氣息。

「對、對，你笑起來很好看。」我緊盯著這麼說的女孩。

解說

即使只是螳臂當車，也會發揮奇妙的力量
——關於《螳螂》

臥斧

※本文涉及小說情節，請自行斟酌閱讀

汝不知夫螳螂乎？怒其臂以當車轍，不知其不勝任也。

——《莊子・人間世》

如果創作者筆下的主角職業不能見光——例如殺手或者特務，那麼創作者在故事裡描述他們的日常，大多會用兩種截然不同的方式：一是聚焦在一般人難以想像的部分，比如說怎麼準備祕密狙殺、怎麼購買違禁武器、怎麼瞞過其他人的耳目進行任務以及怎麼取人性命等等；二是置入一般人的生活情境，比如說讓殺手去參加同學會、讓特務透過線上交友談戀愛，然後讓他們不可告人的職業麻煩入侵這些人皆有之的物事，待主角

們的特殊身分與凡人生活攪和在一起，就會產生推動情節的衝突，或者製造荒唐的笑點。

這類衝突和笑點，是閱讀伊坂幸太郎的《螳螂》時第一層趣味所在。

《螳螂》由五個短篇連作組成，主角是代號叫「兜」的殺手，表面上的社會身分是個文具公司的業務員，和多數中年男子一樣，有妻子有兒子，而且妻兒並不知道他真正操持的行當。兜會盡量不讓業內人士知道自己的家庭狀況，以免工作上的問題危及家人，而當工作中的麻煩真的滲入日常時，兜也得設法以自己執行任務的手段解決。

有趣的是，兜是個懼內的丈夫。

兜並不是怕老婆發現他其實在從事殺人生意——雖然這事兜大概也怕，但他的憂慮並不是擔心這種特殊職業及工作方式會嚇到妻子，而是更基本、更現實的一件事：怕老婆生氣。不管是遲歸時發出的聲響可能吵醒妻子，或者是沒聽明白老婆話中有話而無心說出違逆妻子希冀的回應，只要與妻子有關，兜都謹慎到近乎畏縮地行事。為求萬無一失，兜不但仔細選擇不會發出雜音的宵夜，甚至把如何與妻子應對寫成給自己的教戰手冊；而這個設定加上兜對兒子生活與課業雖然有點狀況外但的確存在的關心，讓兜更像一個普通上班族——只是工作的內容比較特別。

這樣平凡的生活情狀，帶出《螳螂》的第二層趣味。

越是貼近一般人的生活，越會讓兜反思自己的工作內容。殺手工作主要是以「謀殺」做為掙錢手段，但每個狙殺對象，都可能也有類似的平凡喜樂、家務煩憂，盡力維持常人生活的兜在接下任務時不禁會想：自己因為職業而取人性命，真的沒有問題嗎？是否某天自己必須付出某種代價、甚至可能將從未作惡的家人扯進來？如果自己的職業可以只殺惡人，那是不是就沒有問題嗎？但要用什麼標準確定對方是殺了也沒關係的惡人呢？

伊坂在《螳螂》的幾個短篇裡，針對兜的疑惑做了一些設計。

或許單純為了工作、或許遇險為了自保、或許為了拯救更多人而誤打誤撞地瓦解了計畫以炸彈綁架勒贖的集團，伊坂在《螳螂》裡使用幾種不同情境，讓兜「合理」地執行謀殺任務。但伊坂最直接或說最嚴厲的設計，是讓兜為了家人安全，在破曉前獨自進行摘除院中虎頭蜂巢的作業。雖說在這段情節裡，兜還意外地遭遇了另一名殺手，但真正精采的，是兜以雪衣、安全帽及膠帶武裝自己、持專用殺蟲劑將整窩虎頭蜂全數殺光的橋段。兜一面對付虎頭蜂，一面思考：自己要殺虎頭蜂，是因虎頭蜂在院子裡築巢，可能傷及妻兒；但沒有人告訴虎頭蜂不能在這裡築巢，虎頭蜂也不明白人類世界的規則。從兜的角度來看，自己是為了保衛家庭而大開殺戒，可是從虎頭蜂的角度而言，螫人也是為了保衛部族，況且現在根本沒有發生螫人事件，就已經在沒有做錯任何事的情況下整窩滅絕。如此的「謀殺」，該用哪種道德判準忖度？

這幾乎也是伊坂對自己的疑問。

《螳螂》是伊坂繼二〇〇四年的《蚱蜢》及二〇一〇年的《瓢蟲》後，第三部以殺手為主要角色的作品；前兩部作品裡，主要角色雖然多是殺手，但出場時主要在執行任務，對於日常並沒有太多描述。在《蚱蜢》當中，伊坂以慣用的技巧建構了自成一格的道德體系，「謀殺」在故事裡比較沒有牽涉到現實當中的道德判準；但在讀起來更具有黑色幽默氛圍的《瓢蟲》當中，伊坂卻利用真實歷史中的屠殺事件，以及一個雖然不具殺手身分但內裡邪惡的角色，討論了一個巨大的問題——

「為什麼不可以殺人？」

殺人，尤其是蓄意為之的「謀殺」，在大多數文明社會裡被視為惡行，甚至是最大的惡行，必須以最終極的刑罰懲處。但，為什麼殺人是不對的？倘若有「對」的理由，例如要為先前被殺害的無辜受害者復仇、伸張正義，那麼可以殺掉這個先前的殺人者嗎？國家施行的「死刑」不就是這種「對」的殺人嗎？倘若國家以更多人的福祉為考量、更安定的秩序為前提，那麼是不是可以殺掉更多國家認為有損於此的人呢？

細觀伊坂的創作脈絡，不難明白他為什麼要如此思考。

早期作品當中，伊坂會十分理所當然地讓角色執行「私刑正義」；透過伊坂的創作技巧，這類可能損及惡者人身自由甚至性命的私刑，非但不會引發讀者不快，還能營造一種「正義得展」的愉悅——伊坂認為自己寫的是「娛樂小說」，這種處理方式的確也成功地製造了該有的娛樂效果。但隨著創作內容逐漸觸及國家機器與個人權利之間的關係，伊坂可能已經或多或少地察覺：個人的私刑正義與國家的體制暴力，表面上看起也許不同——私刑正義甚至可能是補強體制不足或者反抗體制僵化的作為——但在骨子裡，這兩者的思維模式其實如出一轍。

伊坂並沒有急著下定論。

「為什麼不可以殺人」是個大題目，本來就該盡量以多種不同層面的角度切入探究。在《螳螂》當中，伊坂將焦點拉回個人，專注討論「謀殺」主題，並且透過懼內的殺手日常，拉進家庭成員關係以及中年男子的人生心境，展現了微妙而且極易令人同理的細膩感情；核心沉重但節奏輕盈，情節引人發噱，在最後還出現了十分具有伊坂風格的溫暖思維。

這個思維，可以從台譯書名窺得精神。

《螳螂》這個台譯書名，取自書中第一個短篇〈AX〉裡的一句話；那句話是「螳螂の斧」，即是「螳臂當車」的意思。這句成語自《莊子・人間世》裡脫胎而出，素常被用來形容某人自不量力，多少帶著點輕蔑訕笑的意味。但事實上，人生在世，面對比個人巨大很多的力量是種生活的常態，這股力量可能來自生死的無常，可能來自體制的傾軋，可能來自與自我截然不同的社會道德判準，也可能來自妻子的怒氣。這類幾乎無法預期、無法抵抗的力量當頭壓下的時候，個人就如面對輪轍的渺小螳螂，明知不可能阻擋，仍然舉高雙臂。這並非自不量力的無知，而是正面迎擊的抉擇。

因為雖然無法避免覆亡，但即使只是螳臂當車，也會發揮奇妙的力量。

作者介紹

臥斧　除了閉嘴，臥斧沒有更妥適的方式可以自我介紹。

伊坂幸太郎作品集 26

蝗螂

AX

原著書名　AX
原出版社　角川書店
作　　者　伊坂幸太郎
翻　　譯　張筱森
責任編輯　陳盈竹（一版）、張麗嫺（二版）
編輯總監　劉麗真
總國際版權　吳玲緯、楊靜
行　　銷　徐慧芬
業　　務　李再星、李振東、林佩瑜
事業群總經理　謝至平
發 行 人　何飛鵬
出　　版　獨步文化
台北市南港區昆陽街16號4樓
電話：(02) 25007696　傳真：(02) 25001951
發　　行　英屬蓋曼群島商家庭傳媒股份有限公司城邦分公司
台北市南港區昆陽街16號8樓
客服專線：(02) 25007718；25007719
24小時傳真專線：(02) 25001990；25001991
服務時間：週一至週五上午09:30-12:00；下午13:30-17:00
劃撥帳號：19863813　戶名：書虫股份有限公司
讀者服務信箱：service@readingclub.com.tw
城邦網址：http://www.cite.com.tw
香港發行所　城邦（香港）出版集團有限公司
香港九龍土瓜灣土瓜灣道86號順聯工業大廈6樓A室
電話：(852) 25086231　傳真：(852) 25789337
E-MAIL: hkcite@biznetvigator.com
馬新發行所　城邦（馬新）出版集團
Cite（M）Sdn. Bhd.（458372U）
41, Jalan Radin Anum, Bandar Baru Seri Petaling,
57000 Kuala Lumpur, Malaysia.
電話：+6(03) 90563833　傳真：+6(03) 90576622
E-MAIL: services@cite.my

城邦讀書花園
www.cite.com.tw

封面設計　萬亞雰
排　　版　陳瑜安
印　　刷　中原造像股份有限公司

初　　版　2018年（民107）7月
二　　版　2024年（民113）8月
定價　380元
ISBN　978-626-7415-60-3（平裝）
978-626-7415-57-3（EPUB）

國家圖書館出版品預行編目資料

螳螂／伊坂幸太郎著; 張筱森譯. 二版. -- 臺北市：獨步文化, 城邦文化事業股份有限公司出版：英屬蓋曼群島商家庭傳媒股份有限公司城邦分公司發行, 民113.08
面；　　公分. --（伊坂幸太郎作品集 ; 26）

譯自：AX

ISBN 978-626-7415-60-3（平裝）

861.57　　113008267